诗词常识名家谈（四种）

词　学　概　说

吴丈蜀　著

中　华　书　局

图书在版编目（CIP）数据

词学概说/吴丈蜀著. —北京：中华书局，2000.4（2022.6
重印）
（诗词常识名家谈四种）
ISBN 978-7-101-02260-5

Ⅰ.词… Ⅱ.吴… Ⅲ.词（文学）-中国-通俗读物
Ⅳ.I207.23

中国版本图书馆 CIP 数据核字（1999）第 45909 号

书　　名　词学概说
著　　者　吴丈蜀
丛 书 名　诗词常识名家谈（四种）
责任编辑　王海燕　聂丽娟　陈　虎
出版发行　中华书局
　　　　　（北京市丰台区太平桥西里 38 号　100073）
　　　　　http://www.zhbc.com.cn
　　　　　E-mail:zhbc@zhbc.com.cn
印　　刷　三河市中晟雅豪印务有限公司
版　　次　2000 年 4 月新 1 版
　　　　　2022 年 6 月第 10 次印刷
规　　格　开本/850×1168 毫米　1/32
　　　　　印张 5⅜　字数 92 千字
印　　数　58001-63000 册
国际书号　ISBN 978-7-101-02260-5
定　　价　16.00 元

目 录

前　言

　　词是一种和音乐有密切联系的文学形式,最初称为曲子词。在词的创始时期,是用来配合乐曲演唱的,先有乐曲,然后根据乐曲的长短、节奏,填上词句,所以写词叫"倚声填词",也就是依照曲谱填写歌词的意思,词就是曲子词的简称。明代徐师曾在他所著的《文体明辨》中,曾给词下一定义:"凡依已成曲谱作出歌词,便曰'填词'。填词行,而词之名始立。"他并对词的形式加以概括:"调有定格,字有定数,韵有定声。"

　　词起于唐代,盛于宋代。它上承唐诗,下启元曲,是我国诗歌主要的形式之一,也是格律诗的另一种形式。词到南宋时期,才逐渐与音乐脱离,不再用来歌唱,成为一种独立的具有特殊形式的文学体裁。

　　唐、五代和两宋的词人,都给后人留下大量的作品;而宋代词人留下的作品更多,辑入唐圭璋同志编的《全宋词》中的词,有一万九千九百多首。其中不少作品,不仅有较高的艺术价值,也有一定的思想内容,成为我国宝贵的文化遗产,至今为广大读者所喜爱。

　　到了元代，杂剧和散曲兴起，取代了词的地位，词坛趋于冷落。明代亦重视戏曲，写词的人也为数不多。但从明末开始，词坛又开始兴旺起来，直到近代，不断出现较有成就的词人，留下了大量的作品。

　　词是由长短句组成，形式比较活泼；而且一首词中可以换韵，比格律诗灵活，声律也比较和谐，更具有音乐性。因此，喜爱词这种文学体裁的人比较多。直到现在，词在各种文学形式中，仍然是受到重视的一种，所以对词的研究和整理工作，就是有必要的了。可是要对词进行研究和整理，必须先掌握有关词的一些知识。本书的写作，就是介绍一些有关词的基本知识，使能有助于研究前代词人留下的作品，从中吸取有益的东西，古为今用，为探索新体诗形式创造条件。同时也是让对词有兴趣的读者知道，作为一首词，要受严格的格律制约，即便有正确的思想内容，如果不遵守词的格律，写出来的作品也不能称为词。绝不是只按某个词牌的句数、每句的字数，照样填写出来就称为词。但是这个道理很多人不知道，所以常常出现只填字而非填词的作品。

　　本书是一部知识性作品。除了词的写作和欣赏方面的知识不属本书讨论范围，没有涉及，其余有关词的一些基本知识，在本书里几乎都谈到了。其中还以较多的篇幅介绍词的格律。由于词律和诗律有密切关系，所以附带也扼要地介绍了诗的格律。而词韵和诗韵也有密切关系，因而在本书中也简要地介绍了诗韵。但是本书不是为了教人作词而写的。作词不是轻而易举的事，除了需要懂得词的格律，还要具备相当的古汉语知识和历史知识,也要懂得写诗词的特殊修辞方式。这三者缺一不可。可是这三项条件中的任何一项,都不是轻易能够掌握的。所以,在没有具备这三项条件以前,最好不要写旧体诗词,以免浪费精力。

词这种文学体裁是前人创造的,而从事词的研究工作,所研究的对象都是前代词人及其作品。基于这个原因,所以本书所举的词例,都是前人的作品,其中包括从唐代到清季的作品,主要是宋代作品。前人的作品中,由于受时代的局限,内容虽有比较健康的,但多数是抒写个人的得失,或是茶余酒后、春花秋月的无聊吟咏,缺少社会意义;许多作品还夹杂糟粕。本书为了举例的需要,虽然尽可能选取较有思想内容的作品,但其中也不免有情调不健康的作品。这是需要加以说明的。

本书在写作过程中,引用了前人研究词学得出的比较合理的论断。书中另有一部分论点,不敢苟同前人的说法,而是个人的见解。这些个人的见解很可能有片面性,希望得到专家和读者的指正。

书中也引用了经过前人整理的一些资料。由于所引用的资料过多,未能一一注明出处,特为提出,并向前代和当代的词论家表示谢意。

第一章 词的起源

　　词是诗歌体裁之一种,所以,要讨论词的起源,先得谈谈诗歌形式的演变过程。

　　我国的诗歌,从现有的可资依据的史料来看,最早的是公元前六世纪编定的《诗经》中收集的作品。其中的诗以四字一句的占多数,另一部分是诗句字数不等的长短句。而从句数看,不论四字一句的诗或是长短句诗,都是有多有少,并不一致。既然《诗经》中的作品是我国最早的诗歌,所以《诗经》作品的形式也就是我国诗歌最早的形式。

　　到了公元前三——四世纪,有楚国的屈原、宋玉等人写的楚辞流传下来。楚辞的形式是句数多少不定,句子字数不等,并在句中或句末加语助词"兮""些"或"只"这一类字。

　　从汉代开始,通篇是五字一句的五言诗形式形成[1],取代了四言诗和楚辞的地位。当时的五言诗不限句数,可长

---

[1]　照过去的说法,一个字称为一言,所以全篇五字一句的诗称五言诗,全篇七字一句的称七言诗。余类推。而一首诗中字数不整齐的称杂言诗。

可短,后人称为五言古体诗,不同于初唐时期形成的近体诗要受格律约束[1]。与五言古体诗同时出现的还有乐府诗[2],乐府诗有五言诗,也有长短句诗。

到三国时,曹丕写了两首完整的七言诗。七言诗一直到齐、梁时才逐渐流行,而诗的格律也在这时期开始萌芽。

以后到了初唐,近体诗的形式已经确立,从此五言近体诗和七言近体诗形式一直保存下来,与不受格律限制的古体诗并列。近体诗分绝句和律诗两类,绝句诗每首限定四句,律诗限定八句。另有一种排律,又称长律,不受句数限制,只须保持近体诗的格律,可以由十句到上百句不等。

七世纪末到八世纪中期,即唐玄宗开元前后,逐渐形成词这种文学形式。经过五代到两宋,是词的全盛时期。

宋亡以后,在元代流行的诗歌形式是散曲。散曲分小令和套数两类,套数又称套曲。小令只是一首曲,而套数是由几首曲组成。曲的形式接近于词,它与词主要区别在用韵上比较灵活,也比词更口语化。

在新诗出现以前,我国的诗歌再没有新的形式出现。

关于词的起源,过去就有几种说法。

第一种说法是:自有诗就存在长短句形式[3],因此,有

---

[1]　近体诗即格律诗。而唐代以前流行的不受格律约束的诗通称古体诗,又称古诗。近体诗就是与古体诗相对而言,不是指的近代。

[2]　乐府:参看第四章第壹节。

[3]　词别称长短句。这里实指句子有长有短。

诗的长短句形式,就是长短句形式的词的开端。持这种论点的,是清初人汪森。他在与朱彝尊合编的《词综》的序中指出,《孔子家语》中的《南风歌》、《书经》中的《五子之歌》、《诗经》中"颂"这部分中的十八篇①、汉《郊祀歌》中的五篇和汉乐府十八篇《短箫铙歌》,都是长短句形式,因此他认为这些诗就含有词的因素。汪森这种说法,显然不能成立。因为构成一首词的条件,虽然长短句是其中之一,但不论从音乐关系上和格律要求上,初期的诗与词相比,都没有共同之处。不过从诗歌形式的发展情况来看,词原是诗不断发展的产物,汪森此说也有道理,但词的真正起源并不在这里。

第二种说法是词起源于《诗经》。上面提到的汪森已提出《诗经》的颂中有十八篇是长短句。另据清初的徐釚(qiú)在《词苑丛谈》中引《药园闲话》里的论点,认为《诗经》中的《殷雷》篇里有三字句和五字句,《鱼丽》篇里有二字句和四字句,《还》篇里有六字句和七字句,《江汜》篇里有重叠句式,《东山》篇里有换韵调,《行露》篇里有换头调②,于是认为以上这些句式开启后代的词的形成。

由于《诗经》中的诗是流传下来最早的诗,而词是诗的另一种形式,从广义言,词起源于《诗经》是有道理的;而且《诗经》里收集的作品,经前人考证,都是配上乐曲供演唱用的,正好词在前期也是配有乐曲供乐工或歌女演唱。从这一点来看,词与《诗经》中的诗,是有相同之处,认为词来源

---

①　《诗经》分风、雅、颂三部分,颂是第三部分。
②　关于换头,参看第四章第叁节。

于《诗经》，也不无理由。可是《诗经》作品虽供演唱用，原是先有诗然后配上乐曲，而且没有固定的格调，毕竟不同于按固定的乐曲而填上词句的词。所以，认为词是起源《诗经》之说，并不确切。

第三种说法是词起源于乐府。宋人王应麟在《困学纪闻》中引了致堂一段话："古乐府者，诗之旁行也；词曲者，古乐府之末造也。"徐师曾在《文体明辨》中也说："按诗余者①，古乐府之流别，而后世歌曲之滥觞也②。"清初周亮工也有这种见解。他在《书影》中引徐巨源的话："乐府变为《趋》《艳》③，杂以《捉搦（nuò）》《企喻》《子夜》《读曲》之属④，流为诗余，流为词，词变为曲，而乐府尽亡。"清初顾炎武也有这种观点。他在《日知录》中说："三百篇之不能不降为楚辞⑤，楚辞之不能不降为汉魏者⑥，势也；是则三百篇之不能不降为乐府，乐府之不能不降而为词者，亦势也。"

以上这一些人都是认为词是来源于乐府。本来乐府诗是从民间收集来配上乐曲供演唱用的，而词在产生的初期也是来自民间并且是供演唱的；而且乐府诗中有的就是由长短不一致的句子组成的，句数也有多有少；用韵也比较自

---

①　诗余是词的别称，参看第四章第壹节。

②　滥觞：原指长江发源的地方水小只有一杯。这里指起始。

③　趋、艳都是大曲中的段落，艳在曲的前一部分，趋在曲的后一部分。关于大曲，参看第三章第贰节。

④　《捉搦》等四种都是齐、梁时乐府曲名。

⑤　《诗经》收三百零五篇诗，一般以"三百篇"作为《诗经》的代称。

⑥　汉魏：指汉魏时期流行的五言古诗。

由,一首诗可以转韵。从这些方面来看,认为词起源于乐府是有一部分理由的。可是乐府诗是先有诗然后配曲,并非"倚声填词";而且句数、用韵都没有限制,不受格律约束,并非"调有定格,字有定数,韵有定声"。所以还不能认为乐府相同于词。

第四种说法是词导源于南朝梁武帝萧衍。持此说的有徐釚和近人梁启超。徐釚认为梁武帝萧衍作的《江南弄》"此绝妙好词,已在《清平调》《菩萨蛮》之先矣"①。梁启超说:"……凡属于《江南弄》之调,皆以七字三句、三字四句组织成篇。七字三句,句句押韵,三字四句,隔句押韵。……似此严格的一字一句,按谱制调,实与唐末之倚声新词无异。"

梁武帝作的《江南弄》共有七篇,下面录两篇来研究:

　　众花杂色满上林,舒芳曜彩垂轻阴,连手躞蹀舞春心。舞春心,临岁腴。中人望,独踟蹰。

　　美人绵眇在云堂,雕金镂竹眠玉床,婉爱寥亮绕红梁。绕红梁,流月台,驻狂风,郁裴徊。

从这两篇作品可以看出,它们的结构形式完全相同,正如梁启超所说"皆以七字三句、三字四句组织成篇。七字三句,句句押韵,三字四句,隔句押韵"。还可以看出,两首作品都

---

①　指李白作的三首《清平调》,和传说是李白作的《菩萨蛮》词。

是前三句用一个韵,后四句换另一个韵;而且第五句都是第四句末三字的重复,称为叠句。

梁武帝的另五篇诗的结构形式和用韵情况,也和以上两篇完全相同。不仅如此,与梁武帝同时的沈约也写了四篇《江南弄》,诗式和用韵情况与梁武帝所作全部相同,已达到"调有定格,字有定数,韵有定声"的标准。

徐釚和梁启超的论点比较有说服力。除了梁武帝、沈约的作品可作例证而外,还有当时和稍后的陶弘景写的《寒夜怨》、陆琼写的《饮酒乐》、徐陵写的《长相思》、僧法云写的《三洲歌》和徐勉写的《送客曲》等,都是定字定句的作品,已具备词的形式。

虽然梁武帝等人的诗已具备词的形式,但还不能认为是严格的词。因为梁武帝等人的作品从声律上要求还不完善,而词是格律诗的另一种形式,须受严格的格律限制。词的格律又来自诗的格律。可是梁武帝时代诗的格律正是酝酿阶段,还没有正式形成,所以梁武帝等人的作品不可能合乎后代格律形成后的标准。此外,梁武帝等人的作品,并不是根据既定的乐曲填词的,由于梁武帝写了《江南弄》,沈约才根据这首诗的字句形式仿作四首;沈约写了《六忆诗》,隋炀帝才根据它的形式写成《夜饮朝眠曲》。可以看出,《江南弄》和《六忆诗》虽然都经人照着格式写了诗,毕竟与词的形式正式确立后使用的词牌的性质不同,所以与后代的"倚声填词"还有区别。

词的起源的第五种说法,认为词出于唐代的近体诗,经过增加散声、泛声与和声而形成。

《全唐诗》在词部的小注中有这么一段话:"唐人乐府原用律绝等诗杂和声歌之。其并和声作实字,长短其句以就曲拍者为填词。"

方成培在《香研居词麈(zhǔ)》中说:"唐人所歌,多五七言绝句,必杂以散声,然后可被之管弦。如《阳关》诗必至三叠而后成音,此自然之理。后来遂谱其散声,以字句实之,而长短句兴焉。故词者,所以济近体之穷,而上承乐府之变也。"朱熹在《朱子语类》中说:"古乐府只是诗中间添却许多泛声,后来人怕失了那泛声,逐一声添个实字,遂成长短句,今曲子便是。"

以上三种说法,方成培提到散声,朱熹提到泛声,而《全唐诗》的词注中提到和声。按散声、泛声与和声,都属音乐范围,在汉魏乐府中就开始使用。而词在最初是随着乐曲供演唱的,和音乐有密切的关系,所以就用得上散声、泛声与和声。

所谓散声,就是在词曲演奏时,于乐曲旋律之外另加的音声。因为五七言绝句的句式是整齐的,而乐谱音声的安排就不那么整齐,为了在歌唱时使文字和音乐的配合趋于协调,只好在演奏时根据实际需要在琴弦上增加一些谱外的音声。这就是方成培说的"唐人所歌,多五七言绝句,必杂以散声"的道理。这种用散声的方式经过一段时间,为了演唱上的更加方便,于是"遂谱其散声以字句实之,而长短句兴焉"。近人刘毓盘在《词史》中考证出唐玄宗李隆基作的词《好时光》原是五言诗,在演唱时添加散声,并把散声填入字句,便成为长短句的词。现把《好时光》的原诗和经填入散声后的《好时光》长短句并录如下。

　　　　宝髻宜官样,脸嫩体红香,眉黛不须画,天教入鬓长。莫倚倾国貌,嫁取有情郎,彼此当年少,莫负好时光。(原诗)
　　　　宝髻偏宜官样,莲脸嫩体红香,眉黛不须张敞画,天教入鬓长。莫倚倾国貌,嫁取个有情郎,彼此当年少,莫负好时光。(经增散声后的长短句)

后一首第一句的"偏",第二句的"莲",第三句的"张敞",第六句的"个",都是配合散声增添的字,以致把原是五言诗变成了长短句的词。

　　所谓泛声,即歌唱时将有字的音使就曲拍。照朱熹的说法,"后来人怕失了那泛声,逐一声添个实字,遂成长短句"。看来那泛声在演唱时确可增强艺术效果,所以"后来人怕失了",于是"逐一声添个实字",使词调固定下来。

　　散声和泛声的性质和作用基本相同,不同的是前者添加音声,后者引长音声。不论是添加或引长的音声,经过"逐一声添个实字",于是改变了绝句诗原有的句式,成为长短句式的词。

　　所谓和声,是指过去乐曲中使用的复叠演唱的做法,与西洋音乐和声的含义不同。宋人沈括在《梦溪笔谈》中说:

"诗之外又有和声,则所谓曲也。古乐府皆有声有词,连属书之,如曰'贺贺贺''何何何'之类,皆和声也。今管弦中之缠声,亦其遗法也。唐人乃以词填入曲中,不复用和声。"近人况周颐在《蕙风词话》中说:"唐人朝成一诗,夕付管弦,往往声希节促,则加入和声。凡和声皆以实字填之,遂成为词。"沈括谓"以词填入曲中",况周颐谓"以实字填之",都是指用实字填入用和声的地方,于是成为长短句的词。

事实上,不论散声、泛声与和声,虽各有不同,但其性质则一,都是在原乐曲之外根据需要添加的音声,目的是便于演唱,增强音乐效果。

前人更有把散声、泛声与和声集中在一首诗中使用的。如无名氏将王维著名的七言绝句《渭城曲》(又名《送元二使安西》)演变为长短句《阳关三叠》,就是这种类型。

先看王维的《渭城曲》:

> 渭城朝雨浥轻尘,客舍青青柳色新。劝君更进一杯酒,西出阳关无故人。

再看经过添加散声、泛声与和声而成的长短句《阳关三叠》:

> 渭城朝雨浥轻尘,更洒遍客舍青青。弄柔凝千缕,更洒遍客舍青青;弄柔凝翠色,更洒遍客舍青青;弄柔凝柳色新。休烦恼!劝君更进一杯酒,人生会少,富贵功名有定份。休烦恼!劝君更进一杯酒,旧游如梦,只

恐怕西出阳关,眼前无故人。休烦恼!劝君更进一杯
酒,只恐怕西出阳关,眼前无故人。

把《渭城曲》和《阳关三叠》加以对照,就可看出,《渭城曲》是
一首七言绝句,二十八字;而经过添加散声、泛声与和声的
《阳关三叠》长短句,字数增加到一百一十三字,将原作增多
三倍。在《阳关三叠》中,如"更洒遍""弄柔凝千缕""弄柔凝
翠色""休烦恼""人生会少,富贵功名有定份""旧游如梦"
"只恐怕"和"眼前"等词句,都是演唱时添上的散声或泛声;
而其中大量的重叠句,又是和声。

再把这两首作品从艺术性方面比较,就可看出,前者凝
炼,后者散漫;而《渭城曲》中表现的情感是健康的,前两句
写景,后两句是劝酒辞令,感情真挚。可是《阳关三叠》平空
添入了"人生会少,富贵功名有定份""旧游如梦"等消极颓
废,宣扬宿命观念的糟粕。所以从词句的思想性和艺术性
来对比两首作品,《渭城曲》都胜过《阳关三叠》。

但从音乐上考虑,《渭城曲》只有二十八字,而且每句句
式相同,以这样的歌词配乐曲演唱,显然有局限性,即便配
上乐曲演唱,也不会取得良好的音乐效果。可是经过乐工
添上散声、泛声与和声,原诗的字数增加了三倍,使乐工在
谱曲时有施展技巧的广阔的余地;而且把原诗的七个字一
句的单调句式改变为参差的长短句,使乐曲也随之起伏变
化,丰富多彩。加以大量使用了反复叠唱的和声字句,使人
听起来缠绵悱恻,荡气回肠,加重了送别时依依惜别的气

氛,增强了艺术感染力。

所以,五七言绝句诗为了演唱上的需要,适当增加散声、泛声与和声而成为长短句,确有必要。

方成培、朱熹和沈括对散声、泛声与和声的论点,都说明词是先有乐曲然后"倚声填词"的。

词是由五七言绝句诗演变而来,除了以上所说在绝句诗中增添散声、泛声与和声这一种演变方式而外,还另有一些迹象可寻。如在五七言绝句诗甚至五七言律诗中,就有的冠上词牌入乐演唱,后人也把这类作品称为词。相当于五言绝句的有唐人刘禹锡的《纥(hé)那曲》,相当于五言律诗的有唐人皇甫嵩的《怨回纥》,相当于七言绝句的有刘禹锡的《浪淘沙》、唐人温庭筠的《杨柳枝》和五代孙光宪的《竹枝》,相当于七言律诗的有南唐冯延巳的《瑞鹧鸪》。

此外,由五七言诗句组合,或增减五七言诗句而成的词也很多。由五言和七言诗句组合而成的,如《菩萨蛮》;增减五七言诗句而成的,如《临江仙》;增减七言诗而成的,如《定风波》;纯用七言句式的有《浣溪沙》;由七言律诗变化而成的有《鹧鸪天》等等。

由此可见,近体诗和词确有不少相近之处,从形式上看,认为词出于近体诗,是有一部分理由的。

以上五种关于词的起源的说法,其中第一第二种说法认为长短句诗和《诗经》是词的起源,虽有事实根据,但只从广义而言,不足以说明词的起源。第三种说法认为词起源于古乐府诗,第四种说法认为词起源于六朝杂言诗,论点基本上相同,也比较有说服力。而第五种说法认为词出于唐代近体诗,如只从词的形式上考虑,此说能够成立。

但不能忽视的是,词不仅是诗的另一种形式,还和音乐有密切联系,而且是先有曲谱,然后根据曲谱填上歌词,也就是以曲为主,以词为辅,歌词服从曲谱。从这一点上来考察,那么上述五种关于词的起源的说法,只能说明由诗到词的演变过程,却不能说明词是怎样产生的。因为不论是《诗经》作品、乐府、六朝杂诗(包括梁武帝的《江南弄》),以及唐人入乐的近体诗,都是先有词然后配曲演唱,与以后的"倚声填词"的做法毕竟不相同。

要了解词是怎样产生的,先得从音乐谈起。我国在隋朝以前,一直流行清商乐。清商乐即唐人杜佑在《通典》中所说的清乐。清乐分清调、平调和侧调[①]。自晋代五胡乱华以后,由于战争、通商、外交、婚姻或其他原因,从西域传入了燕乐杂曲。在隋朝建立以后,南北分裂的局面重归统一,原来从西域传入的燕乐杂曲流传到内地,和内地的民间歌曲相结合,开始创造出新的乐曲。燕乐又叫宴乐,用以供宴会或举行典礼时演奏,和国内固有的清商乐不同。既然有了乐曲,就得有词来配合演唱,于是这种为配合乐曲而写的长短句开始出现,称为曲子词,以后就简称词。当时修汴河期间民间创作的水调《河传》词,就是配上乐曲歌唱的。

---

　①　参看第五章第叁节。

炀帝杨广和王胄作的《纪辽东》,更接近于词的形式。

隋朝只有三十多年历史。唐朝建立后,词这一文学形式得到进一步发展。初唐时期,已有李景伯、沈佺(quán)期和裴谈作的《回波乐》是同一格调,已具词的形式;而中宗时的伶人根据李景伯等人写的《回波乐》的格调重写《回波乐》并在宫廷演唱,这是依曲填词的有力证明。

到了八世纪唐玄宗开元时期,也就是一般所说的盛唐时期,社会比较安定,民间的曲子词大量产生。清光绪年间在敦煌石窟发现的一百多首曲子词,经人考证,有的就是盛唐时期甚至还早于这时期的作品。这些作品所用的词牌以及句式、字数和声韵安排,基本上与以后相同词牌的形式一样。这是词这种诗歌形式正式出现的实物证明。

下面把敦煌发现的曲子词录几首为例。

　　　叵耐灵鹊多漫语,送喜何曾有凭据,几度飞来活捉取,锁上金笼休共语。　　　"比拟好心来送喜,谁知锁我在金笼里。欲他征夫早归来,腾身却放我向青云里。"

　　　　　　　　　　　　　〔唐〕无名氏《鹊踏枝》

这首词用喜鹊报喜这个民间传说,描写一个行人的家属和一只喜鹊之间发生的一场纠葛。构思奇特,刻划了喜鹊正直善良的性格和对自由生活的想望,也谴责那些以怨报德的不义之人。

　　　枕前发尽千般愿：要休且待青山烂，水面上秤锤
浮，直待黄河彻底枯。　　　白日参（shēn）辰见，北斗
回南面。休即未能休，且待三更见日头。

　　　　　　　　　　　　〔唐〕无名氏《菩萨蛮》

这首词所写的，是一对情侣相互表示爱情的坚贞不渝所发
的誓愿。词的作者对这种纯真的爱情作了热情的歌颂，语
言也很生动。

　　　莫攀我，攀我太心偏。我是曲江临池柳，这人折去
那人攀，恩爱一时间。

　　　　　　　　　　　　〔唐〕无名氏《忆江南》

这首词假托一个被侮辱的和被迫害的长安妓女之口，对她
不幸的身世和所受的摧残提出沉痛的控诉。

　　敦煌发现的曲子词，只有少数几首能查出作者的姓名，
而大多数词的作者已无从查考。这些无名作者的作品，描
写了社会生活的各个方面，涉的范围比较广泛，与当时的
文人的作品比较，有些作品的题材是文人不屑选取的，因此
可以断定这些曲子词是民间创作的。

　　从这几首词来看，在形式上已达到成熟阶段，而所用的
词牌也为后代所沿用，说明词的形式在这时期已正式形成。
据唐玄宗开元时期人崔令钦的《教坊记》记载，当时已有《菩
萨蛮》词，就已证明这个曲调在当时确实是在流行着。又据

宋人王灼在《碧鸡漫志》中记载,唐玄宗天宝年间,已有《念奴娇》曲流行。但是这些乐曲,都不适用于诗人习惯用的五七言诗句,必须根据乐曲的结构,使用长短不齐句式的歌词。但是当时的文人还习惯于写五七言诗,对民间创作的长短句曲子词形式还不愿意尝试,如李白在当时写的三首《清平调》,虽是用来配上乐曲歌唱的,也还是七言绝句。被宋人黄升称为"百代词曲之祖"的唐人词《菩萨蛮》和《忆秦娥》两首词,尽管传说是李白的作品,毕竟缺乏可信的根据。与李白同时的诗人王维所写的诗,有的也被配上乐曲在社会上演唱。当时的诗人,多以自己的作品能够被入乐演唱感到光荣。但是他们写的还是句式整齐的诗的形式,不是由长短句组成的词的形式。

　　比李白稍后出生的刘禹锡和白居易,他们生活的年代已进入中唐时期。刘禹锡最初就仿照民歌写过一些浅近的七言绝句《竹枝》《杨柳枝》《浪淘沙》;白居易写的诗,语言明白流畅,是他的作品的特色,他也写过一些仿照民歌的七言绝句。可是七言句子不合演唱要求这一事实,给诗人提出了新的课题,如果要使自己的作品能够被采用配上乐曲演唱,就得照当时流行的曲子形式"倚声填词"。白居易和刘禹锡也根据流行的曲子填了一些词,如《忆江南》《花非花》《长相思》《春去也》《潇湘神》等。当时的诗人如韦应物,也写了长短句《调笑令》《三台词》,戴叔伦写了《转应词》,张志和写了《渔歌子》,王建和韩翃(hóng)也都写过一些长短句。这些长短句所用的题名,以后都作为词牌流传下来被后人沿用。所以,曲子词到中唐时期,文人也开始从事写作,就不全都是来源于民间了。而中唐文人开始写词,也给晚唐文人做了前导。

到了晚唐时期,作为供演唱的词,在中唐文人的影响下,这一文学形式更进一步得到发展。许多文人对写词的兴趣也大为提高,如温庭筠、韦庄、皇甫松、司空图、韩偓等人,都是当时著名的词人,使用的词牌也逐渐增多,形式更见多样。其中温庭筠写的词的数量比同时人更多。

从上述情况看来,词这种文学体裁的正式确立,时间定为唐代,是比较符合实际的。

第二章　词的流派

　　过去的词论家对词的流派的见解各不相同。有的主张应如唐诗分期一样，把词也分为初、盛、中、晚四期。这种按时代区别词的流派的，有清初的尤侗。他的这种主张理由不充足，受到许多人的反驳。由于没有人支持，所以对以后的影响不大。另一种说法是从词的风格上分，把词分为婉约派和豪放派，或密派与疏派。并以北宋的晏殊、欧阳修、柳永等为婉约派也即密派的创始人，另以苏轼为豪放派也即疏派的创始人。最初持此说的是明朝人张綖（yán），他说："词体大略有二，一婉约，一豪放。盖词情蕴藉、气象恢宏之谓耳。"照他的说法，凡词的艺术风格"词情蕴藉"的是婉约体，而"气象恢宏"的是豪放体。徐钶同意张綖的说法，他重复张綖的话说："词体大约有二，一体婉约，一体豪放。婉约者欲其词调蕴藉，豪放者欲其气象恢宏。"近人吴梅在《中国近古文学史》中说："前者（指婉约派）在沿《花间》之遗[1]，

---

[1]　后蜀赵崇祚编词集《花间集》，选录唐末及五代十八家词。这些词都是柔靡婉丽之作，词风相近，世称花间体。

后者(指豪放派)为苏黄脱去音律之束缚[①]。"

　　婉约派词人承袭晚唐温庭筠、皇甫松等人和五代韦庄、李煜、冯延巳、孙光宪等人的词风,柔靡婉丽,毫无刚健气息;而所写的多是儿女私情或个人哀怨,缺乏社会意义。北宋的晏殊、欧阳修、柳永等的词风是这样,与他们同时或稍晚的张先、宋祁、秦观、王观、毛滂、周邦彦等人,也都受了影响,作品软弱无力,也缺乏社会内容。

　　可是,苏轼的词风,是与晏殊、欧阳修、柳永等人有明显差别的,谁也不能否认。苏轼的词,首先冲破专为抒写爱情或离情别绪乃至个人的失意伤感等等狭窄的范围,以诗的某些表现手法用在词里,把词的内容扩展到社会的各个方面,题材多种多样,后人称他"无意不可入,无事不可言",这番话是有事实根据的。

　　苏轼在词中使用的语言,更与当时和唐末五代的词人不同,他敢于打破音律对词的严格束缚,不因格律害意,只要内容需要,信手写来,常用口语入词,一气呵成,气势磅礴。所以苏轼的词不论从思想境界来看或从写作技巧来看,都站在革新的一面,给北宋词坛带来了新的气象,也给后代的词苑开拓了新的道路。

　　苏轼所倡导的豪放派和当时流行的婉约派,从形式到内容的区别都是很明显的。前人的笔记中曾记载过这么一个故事:苏轼在翰林院任职时,有一幕士善歌唱。苏轼问

---

　　①　指北宋词人苏轼和同时的词人黄庭坚。

他:"我作的词比柳永作的词何如?"那人笑道:"柳郎中作的词,只好十七八岁女孩子,拿着红牙拍板,唱'杨柳岸晓风残月';你的词,必须关西大汉弹铜琵琶,执铁板,唱'大江东去'。"这番答复,形象地说出了豪放派与婉约派的明显差别。

"杨柳岸晓风残月"是柳永词《雨霖铃》中的一句,"大江东去"是苏轼词《念奴娇·赤壁怀古》中的一句。这里,我们把这两首词都写出来作一比较。

　　　寒蝉凄切①,对长亭晚,骤雨初歇。都门帐饮无绪,留恋处、兰舟催发。执手相看泪眼,竟无语凝噎。念去去千里烟波,暮霭沉沉楚天阔。　　　多情自古伤离别,更那堪冷落清秋节!今宵酒醒何处,杨柳岸晓风残月。此去经年,应是良辰好景虚设。便纵有千种风情,更与何人说!

　　　　　　　　　　　　柳永《雨霖铃》

　　　大江东去,浪淘尽,千古风流人物。故垒西边,人道是、三国周郎赤壁。乱石崩云,惊涛裂岸,卷起千堆雪。江山如画,一时多少豪杰!　　　遥想公瑾当年,小乔初嫁了,雄姿英发。羽扇纶巾,谈笑间、强虏灰飞烟

————————————

①　字下面的"△"号代表仄声韵。下同。

灭。故国神游，多情应笑我，早生华发。人间如梦，一
　　△
樽还酹(lèi)江月。
　　　　△

苏轼《念奴娇·赤壁怀古》

把柳永的词与苏轼的词相对照，就可以看出，柳永所写的是
离愁别恨，对前途悲观失望，情调低沉，感伤色彩浓厚。但
是这首词组织结构严密，刻划心理活动细致入微，在艺术上
有它的特色，作为抒情作品是较好的一首词，的确适合于青
年女演员伴着红牙拍板曼声低唱。

再看苏轼的词，是借赤壁之战来抒写自己的怀抱，不仅
写出赤壁自然环境的雄奇景色，也写出赤壁之战的主角周
瑜的英雄形象。像这种以历史人物写入词里，在苏轼以前
的词中是罕见的。词的末段，表达了作者被贬官黄州无所
作为的慨叹。全词语言豪迈，不加修饰，也并不严格遵照音
律安排句子，读起来却气势雄伟，一泻千里。这种词，的确
宜于扮演黑头的彪形大汉奏铜琵琶，执铁板来引吭高歌。

豪放派自苏轼以后，黄庭坚和贺铸也仿照苏轼的风格
写过一些词，成就都不显著。直到南宋时期，辛弃疾继承苏
轼的豪放词风，与围绕在他的周围的另一些爱国词人，才形
成了豪放派，在当时产生了巨大的影响。

下面再以辛弃疾的一首词，和与辛弃疾同时而能代表
婉约派的一首词为例，从中可以看出两个派别的作品明显
的区别。

永 遇 乐

〔宋〕辛弃疾

京口北固亭怀古

千古江山，英雄无觅、孙仲谋处①。舞榭歌台，风流总被、雨打风吹去。斜阳草树，寻常巷陌，人道寄奴曾住②。想当年，金戈铁马，气吞万里如虎。　　元嘉草草，封狼居胥，赢得仓皇北顾③。四十三年④，望中犹记、烽火扬州路。可堪回首，佛狸祠下⑤，一片神鸦社鼓。凭谁问：廉颇老矣，尚能饭否⑥？

这首词是辛弃疾晚年在京口任知府时作的⑦。其时金王朝统治北方，势力强大，南宋政权随时有覆灭的危险。作者在北固亭远望敌占区，抚今追昔，引起无限感慨，于是写下这首充满爱国热情的作品。

---

① 三国时吴帝孙权字仲谋，曾在镇江建都。
② 南朝宋武帝刘裕小名寄奴。
③ 元嘉是刘裕的儿子宋文帝刘义隆的年号。狼居胥是山名，在今内蒙古自治区境内，一名狼山。西汉霍去病追击匈奴曾到此地，封山而还。宋文帝北伐北魏却大败而还。
④ 辛弃疾离开山东故乡南下，到写这首词时已四十三年。
⑤ 佛狸是北魏太武帝拓跋焘的小名。祠在长江北岸，其时被金人占领。
⑥ 廉颇是战国时赵国的名将。
⑦ 今江苏省镇江市。

作者在北固亭上远望,思潮滚滚,首先想到曾在此地建都并抗击曹操南侵军队取得胜利的孙权。但是现在金兵压境,南宋王朝势弱无力北伐,"舞榭歌台,风流总被雨打风吹去",正是此时的凄凉景象。再想到南朝宋武帝刘裕曾经"金戈铁马,气吞万里如虎",先后灭掉南燕和后秦这两个异族建立的政权。可是到了文帝刘义隆执政时,国势又由盛而衰。作者联系到当前的国势,于是怀念汉朝名将霍去病抗击匈奴封山而还的功绩。这时,作者又回忆自己当年冲过金兵的防区率领义军南下投奔宋室,那时江北的扬州地区战火方炽;这番往事到如今已四十三年了。现在,隔江的瓜步山北魏太武帝佛狸祠前,群鸦乱飞,鼓声可闻,当地的人民正在金人的暴政统治之下过着痛苦的生活;而南宋王朝偏安一隅,不顾敌占区人民的死活,根本不做收复失地的打算。最后,作者不免怀念战国时期为赵国屡立战功的老将廉颇,想到自己已是暮年,虽有驱逐金人、收复失地的雄心壮志,可是执政者苟且偷安,使自己无用武之地,只能把满腔悲愤寄托在这首词中。

这首词气势磅礴,情绪激昂,表达了作者主张出兵抗敌、收复国土的强烈愿望。再从艺术表现来看,全首词结构谨严,语言精警,音韵铿锵。所以这首词不论内容和形式都是比较完美的,在辛弃疾的所有词作中算是佳作,在豪放派词中也是具有代表性的作品。

再看下面这首词:

踏 莎 行

〔宋〕姜　夔

自沔东来,丁未元日至金陵,江上感梦而作

　　燕燕轻盈,莺莺娇软,分明又向华胥见①。夜长争得薄情知,春初早被相思染。　　别后书辞,别时针线,离魂暗逐郎行远。淮南皓月冷千山,冥冥归去无人管。

这首词是作者梦见妻子醒来后有感而写的。开头三句是写妻来入梦。第一句写妻子的体态,第二句写妻子的声音,第三句指梦境。以下到"离魂暗逐郎行远"句,是作者为妻子设身处地想象妻子在家怀念丈夫的真挚感情。末二句是作者醒来后看到皓月当空引起的感慨,以写景寓慨叹作结束,更有韵味。

这首词写得相当细腻,委婉动人,足以代表婉约派词,与前一首辛弃疾的词形成鲜明的对比。

金代的元好问、元代的萨都剌(lá),词风都受豪放派的影响。明末的陈子龙、清初的陈维崧和以后的蒋士铨、龚自珍,在他们的作品中都可以嗅到豪放派的气息,而陈维崧更以师承苏、辛自许,创立了自成体系的阳羡词派②。

婉约派自晏殊、欧阳修、柳永等人以后,过去的词论家

---

① 《列子》中有黄帝梦游华胥国的记载,后人因以华胥代表梦境。

② 陈维崧是江苏宜兴县人,宜兴旧称阳羡。

认为在宋代成就比较大的,是北宋的秦观、周邦彦、李清照、朱敦儒,南宋的姜夔、吴文英、王沂孙、周密、张炎这一些人。元代的词人大多受婉约派影响。清代的词坛,除了上面提到的几个豪放派词人而外,其他都是词风婉丽的婉约派词人。

第三章 词的分类和体裁

壹 词的分类

宋人编词集,只把词分为两类:长的词叫"慢",较为短小的词叫"令"。到南宋时期,有个署名武陵逸史的人编的词选集《草堂诗余》,在明代人顾从敬重刊这部词选时,把集中的词分为小令、中调和长调,各自成卷。自此时起,谈词的人便把短小的词称为小令,字数适中的词称为中调,比较长的词称为长调。根据顾从敬在《草堂诗余》集中的分类法,小令中最长的一首是《踏莎行》,全首词五十八字;中调最长的一首是《夏云峰》,九十一字;至于长调,他在《草堂诗余》中所选的最长的词不过一百几十字,而词中另有超过两百字的词,他并没有选进去。如吴文英的《莺啼序》长二百四十字,《草堂诗余》就没有入选。因此,根据《草堂诗余》对词的分类,我们可以归纳一下,这就是:

从最短的《十六字令》到五十八字以内的词,称为小令;

从五十九字到九十一字的词,称为中调;

九十二字以上的词,就都称为长调。

其实这种按字数分类的方式并不完善,只是还没有别人提出更好的分类标准,无形间就得到承认了。

词从唐代出现到五代时期,一般都是五十八字以内的小令,从当时的作品中可以证明,如被称为"百代词曲之祖"的《菩萨蛮》《忆秦娥》两调,都没有超过五十八字。以后后蜀的欧阳炯、南唐的李煜和冯延巳,才有少数词略有超过五十八字的,还是应该作为小令看。不过近代在敦煌发现的曲子词中,就有一百字内外的作品,如《内家娇》《倾杯乐》两个词调,都超过一百字。更据五代时编的《尊前集》所载,后唐庄宗李存勖就有一首《歌头》的曲子词,长达一百三十六字,从字数来看,超过现存的五代以前的作品,所以被称为"长调之祖",不过这只是极个别的情况。

到北宋初年,词的中调和长调才开始大量出现。这是由于实际的需要,小令这种短小的形式也无法容纳较为广泛的内容。特别是北宋初年的柳永,本人就擅长音乐,他自己谱制的曲谱就很多,有了曲谱,自然就需要歌词来配合。他本人也是词人,所以他所创作的长调特别多。

自从柳永大量创制长调以后,影响到后人也跟着自制长调。如北宋的苏轼、黄庭坚、秦观、贺铸、周邦彦、万俟咏、晁端礼,南宋的姜夔、吴文英等,都别创新调。这风气亦传到元明清以至近代的一些词人。

长调在用韵上,也不如小令那样需要句句用韵或隔句用韵,既可隔句用韵,也可隔三四句甚至五六句用一次韵。

词由于长短形式的不同,在词中的分段形式也有不同。

小令这种形式,可分为全词不分段的和由两段组成的两种格式。全词不分段的称为单调,由两段组成的称为双调。中调这种形式,一般由两段组成。唯独长调,由于字数较多,既有两段组成的,还有分为三段、四段的。下面分别举例说明。

(一)单调

> 河汉,河汉,晓挂秋城漫漫。愁人起望相思^①,江南塞北别离。离别,离别,河汉虽同路绝。
>
> 〔唐〕韦应物《调啸词》

这首词不分段,是单调词。词的用韵,既可用一个韵,又可换韵,也不限用平声韵或仄声韵。这首词换了三次韵,并且是仄韵和平韵交错使用。

下面另举一首不换韵的单调词为例。

> 闲梦远,南国正清秋^①。千里江山寒色暮,芦花深处泊孤舟,笛在月明楼。
>
> 〔南唐〕李煜《望江梅》

这首词共五句,不分段,用平声韵。

(二)双调

词的前后段是两首同调词的重复,就称为双调,又叫重

---

① 字下面的"⊙"号代表平声韵。下同。

头。词牌中就有既是单调(一段)又是双调的,如《望江南》《南柯子》《江城子》等,就是这种情况。另一种说法,凡词分两段,上下段不必是两个相同的词调,也就是上下段的字数、句数和用韵可以有差别,都叫双调。属于前一种类型的,如平韵调的《长相思》;属于后一种类型的,如仄韵调的《点绛唇》。凡属前一种情况,是由于最初根据的曲谱只是上段那一部分,却填了两首词,所以上下段句式相同。而后一种情况,是由于最初根据的曲谱是不同的两段,所以填的词上下段也不相同。试看下面二例。

　　　汴水流,泗水流,流到瓜洲古渡头。吴山点点愁。
　　思悠悠,恨悠悠,恨到归时方始休。月明人倚楼。

〔唐〕白居易《长相思》

这首词是上下段的句数、字数和用韵都相同的小令。每句用韵。段与段之间,习惯上空出一个字的地位分隔开。

　　　蹴罢秋千,起来慵整纤纤手。露浓花瘦,薄汗轻衣透。　　见有人来,袜铲金钗溜。和羞走。倚门回首,却把青梅嗅。

〔宋〕李清照《点绛唇》

这首词上段四句,二十字;下段五句,二十一字。上下段的句数和字数都不相同。但用的是同一个仄声韵，上段三句用韵，下段四句用韵。

（三）三叠

"叠"是重叠的意思，就是指这一首词的段落需要重叠。重叠三次的称三叠，也就是分三段；重叠四次的称四叠，也就是分四段。而每段的句数和每句的字数都不要求相同。但是只重叠两次的只称上下片或上下阕，不称一叠二叠或上叠下叠。下面是一首三叠词例子。

　　送春去，春去人间无路。秋千外，芳草连天，谁遣风沙暗南浦？依依甚意绪，漫忆海门飞絮。乱鸦过、斗转城荒，不见来时试灯处。　　春去，最谁苦。但箭雁沉边，梁燕无主，杜鹃声里长门暮。想玉树凋土，泪盘如露，咸阳送客屡回顾，斜日未能度。

春去，尚来否？正江令恨别，庚信愁赋①。苏堤尽日风和雨。叹神游故国，花记前度。人生流落，顾孺子，共夜语。

〔宋〕刘辰翁《兰陵王·丙子送春》

此词分三段，每段句式不同。用仄声韵一韵到底。

---

① 　原注：二人皆北去。按：江令指南朝江淹，曾作《恨赋》《别赋》。梁人庚信被留北周，曾作《哀江南赋》。

（四）四叠

四叠就是词分四段。四叠词并不多见。以下面一词为例。

> 田野闲来惯,睡起初惊晓燕。樵青走挂小帘钩,南
> 园昨夜,细雨红芳遍。　　平芜一带烟光浅,过尽南归
> 雁俱远,凭阑送目空肠断。　　好景难常占,过眼韶华
> 如箭。莫教鹈鴃(tí jué)送韶华,多情杨柳,为把长条
> 绊。　　清樽满酌谁为伴,花下提壶劝:何妨醉卧花
> 底,愁容不上春风面。

> 〔宋〕晁补之《梁州令叠韵》

这首词分四段。《梁州令》这个词牌本是双调,又名《凉州
令》。晁补之这首词实际上是把晏几道的双调五十字的《梁
州令》加了一倍而成一百字的四叠,所以在调名中加"叠韵"
二字。

词的形式除了以上四种,还有一种"摘遍"。摘遍是从
大曲或法曲内摘取其一遍①,单谱而独立演唱的。宋代沈
括在《梦溪笔谈》中说:"凡曲每解有数叠者,裁截用之,谓之
摘遍。"如《泛清波摘遍》,就是从大曲《泛清波》中摘取的。

---

①　大曲、法曲,参看下一节。

贰　词的体裁

据任讷《词体表》,词分为五种体裁:散词、联章词、大遍、成套词和杂剧词。这五种体裁都是从音乐上着眼划分的。

(一)散词　散词是用来单独歌唱的,又称寻常散词,与成套词及大曲相对而言。今天读到的一首一首独立的词,都是散词。在词的五种体裁中,散词是主要的一种。

(二)联章词　联章词有一题联章、分题联章和以词来演故事等区别。一题联章即只咏一个题目,而以几首词相联演唱,如收入宋人曾慥编的《乐府雅词》中的《九张机》,就是九首相联而只咏一题。分题联章指用一个词调而咏不同事物。如宋人潘阆作的《忆余杭》,所咏的就是内容不同的四时八景。至于演故事的,在北宋时期乐坊常用一曲连接歌唱,有每一首词演一件事的和多首词演一件事的。每一首词演一事的如《伊州遍》,多首词演一事的,是有歌有舞,称为“传踏”,又称“缠达”,如宋人赵令畤的十首《蝶恋花》就是这种类型。

(三)大遍　大遍指曲调在音乐上所歌的遍数。据任讷《词体表》,大遍包括法曲、大曲、曲破三种。法曲本是道观所奏的乐曲。《新唐书·礼乐志》说:“初隋有法曲,其音清而近雅。”到唐玄宗时,才把法曲用于宫廷演奏。据《唐会要》说:“文宗开成三年改法曲为仙韶曲。”法曲是只歌不舞

的,有《破阵乐》《一戎大定乐》《长生乐》《赤白桃李花》《霓裳
羽衣》《献仙音》《献天花》等调。

　　大曲起于唐代,是一曲多遍,由许多部合奏的乐曲。如
董颖谱西施故事的大曲《薄媚》有十遍,十遍都用《薄媚》一
个曲调。据《碧鸡漫志》记载:"余曾见一本(大曲),有二十
四段。后世就大曲制词者,类从简省,而管弦家又不肯从头
到尾吹弹,甚至学不能尽。"现在还流传的大曲,有董颖的
《道宫薄媚大曲》《采莲大曲》、曾布的《冯燕歌大曲》等。至
于大曲分遍,则由于乐调有快慢高低的分别,根据乐调的不
同情况而分遍。并以大曲不同的遍而制成词调,如《六幺
(yāo)令》《伊州令》《大圣乐》等词调,本属于大曲的一遍,
以后分裂出来而成为独立的词调。

　　曲破在唐代已出现,即将大曲破开,取其中一遍以为歌
舞,如《凉州彻》《伊州遍》《霓裳中序》等。这些乐曲有声无
词,并且在舞蹈中寓以故事,与唐人的歌舞戏有近似之处。

　　(四)成套词　据任讷《词体表》说,成套词包括鼓吹词、
诸宫调、赚词三种。鼓吹词是合几种曲子而成的。鼓吹本
军中音乐,马上演奏,后来收入乐府。最初的鼓吹曲并不成
套,到宋代的鼓吹词才成套数。近人王国维在《宋元戏曲
史》中说:"合数曲而成一乐者,惟宋鼓吹曲中有之。"

　　诸宫调是合几个曲调而组成一个整体乐曲。一般乐曲
一曲一个宫调[1],集若干宫调以成诸宫调。宋词中的诸宫

---

① 关于宫调,参阅第五章第叁节。

调成套的词已失传。董解元的《西厢》又称诸宫调,就是由若干不同宫调的曲子组成的。

赚词是取同一宫调的曲子若干首组成的,与诸宫调有近似之处。赚词也有演故事的,只是没有流传下来。

(五)杂剧词　杂剧是宋代官家宴会时供娱乐的游艺项目。宋人吴自牧在《梦粱录》中说:"杂剧全用故事,务在滑稽。"可知杂剧是供表演用的。王国维在《宋元戏曲史》中曾说,当时"官本杂剧的段数,多至二十八本"。杂剧中的词,有用法曲的,有用大曲的,也有用诸宫调的,没有专为配合杂剧演唱的独立的杂剧词。

以上所说的散词、联章词、大遍、成套词和杂剧词等五种体裁的划分,都是当年词是用来配合音乐供演唱用时的情况。自从词与音乐分离后,今天只存在散词一种体裁,其余四种,有的已不复使用,有的已演变为元曲,在今天都不存在了。

第四章 词的异名和有关词的专用语

词有许多不同的名称。而在谈词或读关于论词的著作时,常常碰到一些专门词语。懂得词的异名和把有关词语的概念大体上弄明白,对进行词的研究整理工作是有帮助的。下面分别介绍。

壹 词的异名

曲子词 词的最初名称叫曲子词。前面说过,词在初期是专为配合乐曲演唱的,先有曲子然后有词。曲子代表歌曲部分,词代表文字部分,有如今天的歌曲注明何人作曲、何人作词一样。到了以后词和音乐分离,词人写词不是为了配合乐曲演唱,词才成为一种诗歌体裁的专用名词。

诗余 把词称为诗余,从南宋就开始了。清人吴照衡在《莲子居词话》中说:"诗余名义缘起,始见宋人王灼之《碧鸡漫志》;至明杨慎之《丹铅录》、都穆之《南濠诗话》、毛先舒之《填词名解》,因而附益之。"

　　所谓诗余,一种说法是诗降为词,以词为诗之余。持这种说法的人有轻视词的意思,所以过去有的人给前人编诗文集时,把词作为附录。显然这种看法是不对的,前人就有不少反对这种看法的。另一种说法,是认为词是由近体诗演变出来的,如《忆秦娥》《菩萨蛮》等词,都是绝句变格,是小令的开始,以后就发展成长短句,所以词是诗之余。这种说法,对词的起源的看法还不正确。另一种说法,认为诗余的余,应作盈余的余解释,因为词的情文节奏,并都有余于诗,所以叫诗余。这种说法又把词的地位凌驾于诗之上。

　　这里,我们不必对这个问题作专门的研究,知道诗余是词的一种称呼就可以了。

　　不少词人把自己的词集称为诗余。如宋人廖行之的《省斋诗余》、吴潜的《履斋诗余》等;南宋时编的词集《草堂诗余》,更明确地把词称为诗余。

　　乐府　乐府是汉武帝刘彻设置的专用于搜集民间流传的诗歌的机构。在把这些民歌搜集来以后,便由专用乐工配上乐曲,在举行典礼或宴会时演唱。由于乐府所搜集的诗都配上乐曲,后人便把当时采集流传下来的诗称为乐府诗,简称乐府。唐宋以后,乐府的含义扩大了,凡是能够入乐的诗歌,即便并非在民间采集而是由诗人自写的作品,都称乐府。还有只沿用古乐府诗的题目重新写作,并不用来入乐的诗歌,也称为乐府。

　　把词称为乐府,是由于词在最初是配合乐曲演唱的,其性质和当年收进乐府的诗都要配上乐曲演唱相同。但词之被称为乐府，并不是指词来源于当年的乐府，这在第一章里已有说明。

宋代词人的词集就有不少称为乐府的，如苏轼的《东坡乐府》、贺铸的《东山寓声乐府》、周紫芝的《竹坡居士乐府》、徐伸的《青山乐府》、赵长卿的《惜香乐府》、杨万里的《诚斋乐府》等等。

元人写的散曲，由于也是按曲牌填写供入乐演唱，所以当时的曲家也把自己的散曲集称做乐府，如张可久的《小山乐府》，乔吉的《惺惺老人乐府》，贯云石、徐再思的《酸甜乐府》等。

长短句　长短句是词的另一种称呼。虽然从《诗经》开始到古乐府以至唐代的古体诗，都有长短句形式，但都不是代表这一诗体的名称。以长短句作为一个专用名词，是特指词这一文学体裁。

长短句虽然是词的别称，但长短句不能概括所有词牌的状况，因为有的词牌并不是由长短句组成而是由字数相同的句子组成。如全是三字句的有《三字令》；五字句的有《生查子》《怨回纥》《抛球乐》等；六字句的有《回波乐》《舞马词》《三台》《塞姑》等；《阿那曲》等于七言古体绝句；《玉楼春》相当于仄韵七言律诗；《杨柳枝》《竹枝》《浪淘沙》（别体）《八拍蛮》《小秦王》《阳关曲》等，相当于七言绝句；《瑞鹧鸪》等于七言律诗。所以，词中也有不是长短句的词体。

词人的词集也有的称为长短句，如赵师侠的《坦庵长短句》、辛弃疾的《稼轩长短句》、左誉的《筠庵长短句》等。

词人的词集另有称乐章的，如柳永的词集叫《乐章集》；有称琴趣的，如晁补之的词集叫《琴趣外篇》；有称别调的，如刘克庄的词集称《后村别调》；有称歌曲的，如姜夔的词集称《白石道人歌曲》；有称语业的，如杨炎的词集称《西樵语业》。

贰　关于词调的一些专名

令　前面说过，较为短小的词称小令。有的词的词牌就加上"令"字，如《三字令》《四字令》《十六字令》《如梦令》《惜双双令》等，都是比较短的词。但是也有较长的词也称"令"的，如《六幺令》有九十六字、《百字令》（即《念奴娇》）有一百字。

引　词牌有"引"这一类，如《梅花引》《琴调相思引》《婆罗门引》等。词中的引，来源于唐宋大型乐曲的前一部分，也就是所谓引子。词中最短的是《翠华引》和《柘枝引》，都只有二十四字；最长的是《迷神引》，九十九字。

近　近也是词的种类之一，如《红林擒近》《祝英台近》《诉衷情近》等。凡是这类词，一般情况比小令长一些，与"引"词同属于中调。但也有短的和较长的：最短的《好事近》只有四十五字，最长的《剑器近》有九十六字。

近又称为"近拍",词调中有《隔浦莲近拍》《快活年近拍》《郭郎儿近拍》等。

慢　"慢"是慢曲子的简称,与另一种急曲子相对而言,演奏时速度较缓。"慢"是词中的长调。词牌中加上"慢"字的不少,如《声声慢》《拜星月慢》等。其中一种是扩大小令的字数而成的,例如小令《浪淘沙》是五十四字体,而《浪淘沙慢》增加为一百三十三字体;小令《木兰花》是五十六字体,而《木兰花慢》增加为一百零一字体;小令《雨中花》是五十字体,而《雨中花慢》增加为一百字体。慢词一般都在一百字上下,最短的《卜算子慢》也有八十九字。

序　词中有序这一种类,如《莺啼序》《霓裳中序第一》等,是从唐宋大曲散序或中序中摘取一遍制成的。

摘遍　摘遍的性质和"序"相同,是从大曲散序或中序中摘取一遍而成。如《薄媚摘遍》一调,就是摘《薄媚》大曲中的一遍;《泛清波摘遍》,就是从大曲《泛清波》摘取的一遍。

犯　词在配合乐曲演唱时,每个词牌都要从属一个宫调。凡是曲谱须转调的就叫"犯"。犯又称犯声,相当于现代曲谱中的转调,如 D 调转 E 调、F 调转 G 调等。因此,凡是词牌中加了"犯"字的,如《凄凉犯》《花犯》《侧犯》等,在演奏过程中都要转调。

还有集别的几种词调的句法而成的词牌也称为"犯"。如《四犯剪梅花》《玲珑四犯》等词牌,都是集其他词牌的句法而成。刘过的《四犯剪梅花》调,就是两用《醉蓬莱》调句法,加上《解连环》《雪狮儿》两调句法而制成的。

自从词与音乐分离以后，所谓"犯"只不过是词牌中的一种，已不再具有音乐含义。

转调　由于每一个词牌都属一个宫调，凡是词牌不按原定的格式，而增减字数或改变句式，以致转换宫调的，叫做转调。如《丑奴儿》这个词牌，正格是双调四十四字，上下片各四句。《转调丑奴儿》改变为双调六十二字，上下片各七句。宫调也随之转换。

促拍　词调中有加上"促拍"二字的，如《促拍采桑子》《促拍丑奴儿》《促拍满路花》等。其所以加上促拍，就是这个词调在演奏时节拍加快，当时称为急曲子，与慢曲子相对而言，就是现代所说的快板。凡加有促拍二字的词牌，与同名而未加促拍的词牌是两种不同的词调，如柳永的《促拍满路花》是平声韵，而秦观的《满路花》是仄声韵。

摊破　在某个词调的词句中用增字办法改变原有的句式，叫做"摊破"。这是为了适应乐曲的需要而增加的。经过摊破的词句，除句式变化而外，有时用韵也起变化，成为另一词调。如《浣溪沙》这个词调，原是七言六句，上下段各三句；经过摊破的《摊破浣溪沙》调，却在上下段的末尾各增一个三字句。

减字　在某个词调中用减字的办法改变原有的句式，以适应乐曲的需要，叫做"减字"。如《木兰花》（又名《玉楼春》）调本为七言八句，上下段各四句，押仄韵；而《减字木兰花》，却把八句中的单数句改为四言，并且两句一转韵，先押仄韵，后押平韵。

偷声　与"减字"的办法相同,也是在某个词牌的句子中减少一些字而成另一词调,有时韵脚也相应改变。

孤调　凡是一个词牌,到宋末为止的作品中只有一人用过一次,再没有发现此调的第二首,这个词牌就称为"孤调"。如五代时前蜀王衍作的《甘州曲》、北宋寇准作的《江南春》、北宋黄庭坚作的《望江东》等词调,整个宋代都只有一首流传下来。词牌成为孤调有两种情况:一种是这个词牌就是这首词的作者创制的,以后连他本人也没有再用这个词牌,别人也没有用过;另一种情况是这个词牌除现存的一首,也许还有人填写过,但没有流传下来。

正体　有的词牌有多种体式,有的只是平仄、字数和句数不相同,有的连用韵是平是仄都不同。因此,须得以某一首作品定为标准体式。这个标准体式称为"正体",又称"正格"。如《水调歌头》一调,《词谱》和《词律》都以苏轼的记丙辰中秋的一首为正体。

变体　一个词牌如有多种体式,凡正体以外的其他体式,都称"变体",又叫"别体""变格"。凡属平调改仄调,或仄调改平调的变体词,又称"变调"。如《满江红》原是仄韵,平韵《满江红》是变调;《渔家傲》原是仄韵,而另一体平韵转仄韵的《渔家傲》是变调。

词在词调方面还有长调、中调、单调、双调、三叠、四叠等名称,前面已作介绍,这里不再重复。

叁 关于词的一般用语

阕 曲调终了叫"阕"（què）。一首词称为"一阕"。双调词上段叫"上阕"，下段叫"下阕"。

片 词每分一段称做"片"。除单调词以外，一首词一般都分做二段至四段，其中分为二段的也就是双调词，这种体式在词中占多数。双调词的上段叫"上片"，下段叫"下片"。但三叠四叠词每叠不称片。

换头 凡是双调词上下片开头一两句，下片的句式或平仄不同于上片的，下片开头的句子叫做"换头"，也就是这一段开头的句式与上片比较，已经转换的意思。

双拽头 凡是三叠词的前二叠字句相同的，称为"双拽（yè）头"。这种体式，前二叠的字数总比后一段短，有如后一段的"双头"一般。双拽头的词调，有《瑞龙吟》《绕佛阁》等。

三换头 三叠词每段开头一两句的句式不同的，称为"三换头"，意思是每一段换头，共三次换头。三换头词调，有《兰陵王》《戚氏》等。

过片 词从上片过渡到下片，也就是上片完结，下片开始，叫做"过片"。

过拍 意义和"过片"相同。拍是指节拍。

歇拍 指词的一段或一首终了,节拍停歇。一般都指一段词或一首词的末句。

煞拍 意义和"歇拍"相同。

结拍 意义和"歇拍""煞拍"相同。

断章 指一首词的末几句。

倚声 由于词在最初是配合乐曲写作的,所以作词都是依据某一个乐曲。后来词与音乐分离,作词的人也根据前人作品的声律填写。"倚声"就是依据声律填词。

依声 意义与"倚声"相同。"依"就是"倚"的意思。

寄声 意义与"倚声""依声"相同。

调寄 有的词作者,在词的题目之下写上"调寄"某一词牌,如"调寄浣溪沙""调寄清平乐"等。这个"调寄"就是指所用的词调是依据某一词牌的意思。

自度曲 过去有的词人自制乐曲然后作词,而不是依据前人的词调。这个由自己新制的词调就称"自度曲"。北宋的柳永、周邦彦,南宋的姜夔、吴文英等,都有许多自度曲。以后元明清直到近代,有一些词人也有自度曲。

叠韵 叠韵就是将双调词用原韵增加一倍。前面举的《梁州令叠韵》就是把双调《梁州令》增加为四叠,字数由五十字增加为一百字。

这里所指的叠韵不同于诗句中的叠韵,诗句中的叠韵是在句末用韵的地方将韵母相同或基本相同的字重叠使用,以增加音乐效果。

第五章　词牌、词谱、词调

壹　词牌

　　词在最初是先有曲调，然后根据曲调填上词句的。用现在的话来说，每一首词都先有一首歌谱，随后配词。当时每一首词的歌谱，就称词牌，牌就是谱。以后词演变为曲，曲的歌谱也称曲牌。

　　词是一个词牌一个调子，所以词牌又叫词调。词牌各不相同，要用某一个词牌写词，就得按照这个词牌的段数、句数、字数、用韵情况和平仄安排等各种规定照样填写，不能差错。如果不依照词牌规定的规矩办，写出来的作品就不能用这个词牌的名称。

　　词从唐代出现时起，就开始有词牌。以后随着词的发展，词牌也有所增加，词人不断创制新的词牌，如前面谈到的，北宋的柳永，一人就创制了一百几十个长调词牌。其他如北宋的周邦彦、南宋的姜夔，由于他们本身就能谱曲，所以这二人创制的词牌也特别多。至于另一些词人，随意写长短诗句，并不用来入乐，也定下一个名称作这首长短句诗的词牌,这种情况也是比较常见的。从北宋到近代,历代都有词人自制新的词牌流传下来。

词牌的产生,大体上有以下几种情况。

(一)词牌本来是乐府诗题　如《乌夜啼》《风入松》《长相思》《玉树后庭花》等。

(二)词牌本来是唐代的乐曲名称　据唐人崔令钦的《教坊记》所载,在唐玄宗开元、天宝年间,有名可记的教坊曲就有三百三十多种,其中一部分曲名就被以后写词的人作为词牌。如《荷叶杯》《万年欢》《菩萨蛮》《天仙子》《谒金门》《抛球乐》《浪淘沙》《遐方怨》《西江月》《诉衷情》等词牌,都是唐代教坊的乐曲名称。《水调》是唐代的大曲,《法曲献仙音》是唐代的法曲,后来都作为词调。

(三)根据词的内容而定词牌　如《双双燕》这个词牌,最初是咏燕子的;《临江仙》这个词牌,最初是写水仙;《女冠子》是写道情;《河渎神》是咏祠庙;《催雪》则为催雪而写等等。

(四)取别人的诗句中的几字作词牌　如《醉春风》这个词牌,是取李白诗句"丝管醉春风"的末三字,《看花回》是取刘禹锡诗句"无人不道看花回"的末三字,《点绛唇》取江淹诗句"明珠点绛唇"的末三字,《满庭芳》取吴融诗句"满庭芳草易黄昏"的前三字等等。

(五)摘取某些历史故事而作为词牌　如词牌《解连环》,出《庄子》"连环可解也";《华胥引》出《列子》"黄帝昼寝,梦游华胥之国";《塞翁吟》来源于《淮南子》记塞翁失马事,等等。

(六)摘取本词中的几个字作词牌　如词牌《忆秦娥》,因最初的一首《忆秦娥》词中有"秦娥梦断秦楼月"句;《占春芳》词,是由于创此调的苏轼句中有"红杏了,夭桃尽,独自占春芳";《人月圆》调,是因最初写这首词调的王诜词中有"华灯盛照人月圆时",于是定为调名,等等。这种情况,都是由这个词牌的创制者自定的。

(七)词人自制的词牌　前面已谈到,柳永、周邦彦、姜夔等词人,本身就是作曲家,他们作的曲,自己填上词后,便根据己意定出词牌名称。直到元明清以至近代,都有词人自制的新的词牌。

(八)用原有词牌增加字数后改称的　如五代顾敻(xiòng)的《甘州子》词,只有三十三字,柳永增为七十八字,改为《甘州令》;李煜的《浪淘沙》词,只有五十四字,柳永增为一百三十三字,改为《浪淘沙慢》等等。

(九)根据词的字数或句式定名　如只有十六个字的词称《十六字令》,每句都是三字的词称《三字令》。

(十)有综合两个词牌而定名的　如词牌《江城梅花引》,是取《江城子》前半调及《梅花引》后半调而成。

(十一)有用人名作词牌名的　如词牌《西施》,是取春秋时越国美女西施的名;《虞美人》,虞美人是项羽的宠姬;《念奴娇》,念奴是唐代著名的歌女;《多丽》也是用北宋乐伎多丽的名;《师师令》是北宋词人张先写来赠名妓李师师的。

(十二)有用地名作词牌名的　如《南浦》《湘江静》《伊

川令》《八声甘州》等。

（十三）有根据乐调而定词牌名的　如《角招》《徵（zhǐ）招》《四犯令》等。

在众多的词牌中，可以考证出处的只占少数，而绝大部分已无法弄明白它的来历了。

词在没有和音乐分离以前，词人在写词之前，是要先选择词牌的，过去称为"选调"。也就是说，某一类词牌只适宜表现某种内容，不宜混用。例如用来表现激越情感的，常用的词牌多是《满江红》《六州歌头》《水龙吟》《永遇乐》等；用来表现友情的，前人常用《桃源忆故人》《长相思》等词牌；而用于一般抒发感情的词牌最多。以后词和音乐分离，词牌和词的内容也逐渐失掉联系。当然，像《满江红》这一类词牌，一直仍用于抒发悲壮情感。而用于庆贺的词，也不能用《凄凉犯》《惜分飞》等词牌。但是多数词牌，今天只起到符号名称的作用，不过用来代表这首词的形式，与内容没有关系。

在唐五代的词中，除词牌外，没有另外加题名。从北宋开始，词人在词牌之外往往另加题名或序言以说明词意，这对读者了解作品是有帮助的，实有必要，所以后代的词很多都另有题名。

某些词牌有若干种体式，每种体式的字数、句数都不相同，有的连用韵也不同。如《少年游》这个词调，据清初王奕清等编的《词谱》统计，就有晏殊、李甲、柳永、周密等人作的十四种体式。这是一调多体的情况。

有的词牌又有许多个名称，如《念奴娇》这个词牌，由于苏轼《念奴娇·赤壁怀古》词中有"大江东去""一樽还酹江月"句，后人就称这首词为《大江东去》《酹江月》，又名《赤壁谣》；曾觌（dí）用这个词牌，称《壶中天》；戴复古用这个词牌有"大江西上"句，名《大江西上曲》；姜夔称为《湘月》；韩淲（biāo）词有"年年眉寿，坐对南枝"句，名为《寿南枝》，又名《古梅曲》；张辑词有"柳花淮甸春冷"句，名《淮甸春》；元代人张翥（zhù）用这个词牌称《百字令》；丘长春咏梨花称《无俗念》；游文仲称《千秋岁》；清代编的《翰墨全书》又把此词称为《杏花天》。还有称它为《大江东》《大江乘》《太平欢》《酹月》《百字谣》《庆长春》和《壶中天慢》的。共有二十二个不同的名称。

还有两首词同一个别名的。例如《少年游》和《眼儿媚》的别名都是《小阑干》，《相见欢》《锦堂春》都别名《乌夜啼》，《浪淘沙》《谢池春》都别名《卖花声》。

还有这一首词的别名，是另一首词的正调的。例如：《新雁过妆楼》别名《八宝妆》，另有《八宝妆》正调；《菩萨蛮》别名《子夜歌》，另有《子夜歌》正调；《一落索》别名《上林春》，另有《上林春》正调；《眉妩》别名《百宜娇》，另有《百宜娇》正调；《绣带子》别名《好女儿》，而另有《好女儿》正调。

有的词牌，由于是用平声韵或者是用仄声韵的区别，虽是字数和句式相同，也作为两个词牌。如《望江东》这个词牌是仄韵双调，如用平韵，就是《醉红妆》调，不称《望江东》

平韵格。

以上所述关于词牌方面的复杂情况,无疑会给读者带来许多麻烦。看来,词牌名称的统一工作,是有待进行的。

贰 词谱

历史上有词谱著作,起于明代。在此以前,没有专门研究词谱的著作,当时的词人,只能根据前代词人作品的字句声韵照样填写;有的把前人词中的一些不合格律的句子改变为律句,使词成为另一种形式的格律诗。

明代的张綖根据他所见到的前人用的每一个词牌编成词谱,谱中列出词调,旁边以黑白圈标出每个词牌用字的平仄:白圈表示平声字,黑圈表示仄声字,半白半黑圈表示可平可仄的字。由于词又称诗余,张綖把他的这部著作取名《诗余图谱》。《诗余图谱》收集不够广泛,错误的地方很多。但是它是第一部关于词谱的著作,作者的首创精神是值得肯定的。

《诗余图谱》经稍晚的谢天瑞作了补充,徐师曾又把示意平仄的黑白圈去掉改为谱。随后程明善又加以合并,刊入《啸余谱》中。《啸余谱》中的错误仍然很多。到清朝初年,杭州人赖以邠(bīn)又编成《填词图谱》六卷、《续集》一卷,仍仿《诗余图谱》用黑白圈来示意平仄。此书较《啸余谱》晚出,在考订工作上较《啸余谱》精审。到稍晚的万树编成《词律》以后,《啸余谱》和《填词图谱》就不再受到重视了。

《词律》分二十卷,共收六百六十个词牌,一千一百八十多体。万树根据自己所见到的古人的词,分门别类,详加考订,纠正了《啸余谱》许多错讹之处,在声律方面也作了许多探索研究。他在这本著作中花了大量的劳动,给后代写词的人和研究词学的人提供了很大的方便。所感不足的,由于万树本人不是词人,所以他的论点只从技术性方面着眼,对词的形式与内容之间的有机联系理解得不够深入,因而有些问题谈得不够确切,也有些地方显得烦琐,在讨论音律方面也有牵强穿凿之处,在人名、调名上有的也缺乏考证。这些缺点曾遭到前人的批评。尽管这部著作还有不足的地方,还是应该肯定它有益的一面。

《词律》刊行以后,咸丰年间,杜文澜作《词律补遗》一卷,增补五十个词牌。到同治年间,徐本立又作《词律拾遗》八卷,补充了一百六十五个词牌,四百九十五体。

在万树编的《词律》问世后不久,也在康熙年间,陈廷敬、王奕清等奉命编的《钦定词谱》四十卷,是以万树编的《词律》为基础增订的,内容更为完备,其中有八百二十六个词牌,二千三百零六体,算是当时最完备的一种词谱。但是这部词谱是三百年前编的,以后又陆续发现了一些新的词牌,而杜文澜和徐本立为《词律》增补的许多词牌都没有收进去。近些年来,从敦煌发现的曲子词中,有些词调也是这部词谱所没有的。所以这部词谱还不能说已包括了现存的全部词调。

《钦定词谱》收集的八百二十六个词牌,其中有的词牌由于字数或句式有些差别,以致分成若干个体式,所以八百二十六个词牌就有二千三百零六体。而这些众多的词牌中,比较常见的只占少数。以辛弃疾一生所作的六百多首词来看,所用的词牌也只有九十三个。《词谱》中收的大部分词牌是流传不太广的,这种词牌在过去的词人中也不常用。有的词牌流传到今天的词数量很少,有的只剩下一首,成了孤调。所以,清人舒梦兰编的《白香词谱》只收一百个词牌,就是从实际应用上考虑的。

叁　词调

我们在读宋人的词时,有时在词牌下面看到写有"黄钟宫""大吕宫""仙吕宫""越调""大石调""小石角""歇指角"等说明性的字,如周邦彦作的《兰陵王·柳》,下边注明"越调";《丑奴儿·梅花》,下边注明"大石"。又如姜夔作的《琵琶仙》,下面注明"黄钟商";《鬲梅溪令》,下边注明"仙吕调"。这是什么意思呢?原来在这些词牌下注明的字,是这个词牌所用的曲调名称,又叫宫调。

中国古代谈音乐,分宫、商、角、徵(zhǐ)、羽五音,又加变宫、变徵两个音,共为七个音。前面五个音,相当于西乐简谱的 1、2、3、5、6,变宫相当于简谱的 7,变徵相当于简谱的 4。另外还有十二律,又称十二管。律和吕并称,律为阳,吕为阴。十二律就是黄钟、大吕、太簇、夹钟、姑洗、仲吕、蕤(ruí)宾、林钟、夷则、南吕、无射(yì)、应钟。十二律等于钢琴或风琴键盘一组音的七个音阶和五个升降音阶:C、^{b}D、D、^{b}E、E、F、^{b}G、G、^{b}A、A、^{b}B、B,共十二个音调。姜夔说:"具宫、商、角、徵、羽者为正弄,即清平调;加变宫、变徵者为侧弄,即侧调。"所谓清平调,就是清调平调,也即清商乐,就是杜佑的《通典》中所说的清乐。正如姜夔所说,清乐之清调平调,原本出于琴之正弄,不用"二变"(变宫变徵);清乐之侧调,出于琴之侧弄,就是用"二变"的。在隋以前,清调平调常用,而侧调则不常用。隋唐以后,社会上改用燕乐代替清商乐,所用乐器以琵琶为主,常以清乐的侧调夹杂其中,于是有七种调式。

　　下面列表将西乐与我国古乐作一比较(表见 51 页)。根据这个表,可就十二律中任取一律为宫声,依次往下推,下面就是商、角、变徵、徵、羽、变宫各声。如以黄钟为宫声,那么太簇就是商声,姑洗就是角声;依次轮推,如以太簇为宫,就当以姑洗为商,林钟为角。

　　十二律都可为宫音,就有十二宫;音有七种,以七乘十二得八十四,就是八十四宫调。凡以宫音乘律的都称为宫;以商、角、徵、羽、变宫、变徵六音乘律的,都称为调。一曲如以黄钟宫调协,尾声又在商调,就称黄钟商调。宫调之名就从这里开始的。

律名	黄钟	大吕	太簇	夹钟	姑洗	仲吕	蕤宾	林钟	夷则	南吕	无射	应钟
律吕	律	吕	律	吕	律	吕	律	吕	律	吕	律	吕
假定之调	宫		商		角	变徵		徵		羽		变宫
假西定乐之调	C	♯C或♭D	D	♯D或♭E	E	F	♯F或♭G	G	♯G或♭A	A	♯A或♭B	B
钢琴键盘	C	♯C/♭D	D	♯D/♭E	E	F	♯F/♭G	G	♯G/♭A	A	♯A/♭B	B

　　宫调是用来定音阶的高低的,有如今天的歌曲,须在曲子前面标明C调、♭G调等调号一样,使在演奏时有个准则。

　　所谓八十四宫调,并未全部使用,因隋唐燕乐是用琵琶来定律的,而琵琶只有宫、商、角、羽四弦,没有徵弦,乐工更

将变宫、变徵二声省去。以四弦乘十二律,得四十八宫调;
而这四十八宫调亦逐渐淘汰,从唐代到北宋,都只用二十八
调,这二十八调是四弦乘每弦七音得来的。前面说的周邦
彦、姜夔的词在词牌之后写上"黄钟宫""大吕宫"等,都是这
二十八调中的一调。

一个词牌一般只属于一个宫调,但有的词牌又可以用
几个宫调演奏。一个词牌是用平声韵或仄声韵,或上下阕
各用哪一种韵,都与所用的宫调有直接关系。

下面是二十八个宫调的名称。

调　　别	原　　名	俗　　名
宫　七　调	黄　钟　宫	正黄钟宫
	大　吕　宫	高　　宫
	夹　钟　宫	中　吕　宫
	中　吕　宫	道　　宫
	林　钟　宫	南　吕　宫
	夷　则　宫	仙　吕　宫
	无　射　宫	黄　钟　宫
商　七　调	无　射　商	越　　调
	黄　钟　商	大　石　调
	大　吕　商	高大石调
	夹　钟　商	双　　调
	中　吕　商	小　石　调
	林　钟　商	歇　指　调
	夷　则　商	商　　调

调　别	原　名	俗　名
角 七 调	无 射 闰①	越 角 调
	黄 钟 闰	大 石 角
	大 吕 闰	高大石角
	夹 钟 闰	双 角
	中 吕 闰	小 石 角
	林 钟 闰	歇 指 角
	夷 则 闰	商 角
羽 七 调	夹 钟 羽	中 吕 调
	中 吕 羽	正 平 调
	林 钟 羽	高 平 调
	夷 则 羽	仙 吕 调
	无 射 羽	羽 调
	黄 钟 羽	般 涉 调
	大 吕 羽	高般涉调

这二十八个宫调，到南宋时，又仅用七宫十二调。根据南宋词人兼词论家张炎所著的《词源》所列，当时所用的七宫十二调的名目如后表所列。

从表中可以看出，原有的角七调已废弃不用。

这些曲调的谱成，一部分是外来的，主要来自西域和中亚细亚、印度等地，这部分乐曲从隋唐时就已普遍流传；一部分是来自民间；一部分是由官家设立的音乐机构里的专

---

① 闰就是变宫。

职人员谱制的,其中包括大型的歌舞剧曲的片断;一部分又是歌场乐伎制作的;更有一部分是词人自己谱写的,如柳永、周邦彦、姜夔等人都是谱曲能手。

前面已谈到,有些词牌的名称和内容,最初是统一的,也就是某一词牌限定配合某种内容的词;而这一词牌所用的宫调,也要求能配合词的内容。每一宫调都有各自的特点,只适宜于在某种场合演奏,所以当时对某一个词牌适用于某一宫调,都有具体规定。在词与音乐分离以后,宫调也就与词不再有关系了。

声 宫调 律	宫　声	商　角	角　声	羽　声
黄　钟	正　宫①	大石调		般涉调
大　吕	高　宫			
太　簇				
夹　钟	中吕宫	双　调		中吕调
姑　洗				
仲　吕	道　宫	小石调		正平调
蕤　宾				
林　钟	南吕宫	歇指调		高平调

① 正宫即正黄钟宫。

声	宫 声	商 角	角 声	羽 声
夷　则	仙吕宫	商　调		仙吕调
南　宫				
无　射	黄钟宫	越　调		黄钟羽

第六章　诗韵和词韵

　　诗和词都要求用韵。什么叫韵呢？南齐刘勰（xié）在《文心雕龙·声律》中说："同声相应谓之韵。"用今天的话说：把同韵母或韵母基本相同的字用在一首诗词中一部分句子的末尾，这些末尾的字音就是韵。因为在这些字用上韵，读起来顺口动听，可以增加音乐美感。

　　词韵从诗韵演变而来。要谈词韵，须先谈诗韵。

壹　诗韵概说

　　我国最早的诗《诗经》中的作品就开始用韵，这种用韵的方式，一直流传下来。在没有韵书以前，诗人都是根据语音来押韵的。三国时期，魏国的李登编了《声类》十卷，是我国最早的韵书。以后晋代的吕静、南朝的周颙（yóng）、沈约和其他一些人都编过韵书。可是这些韵书都没有流传下来。到了隋朝，陆法言、颜之推和刘臻等人，根据前人的六种韵书,编成《切韵》五卷。《切韵》编成后发生很大的影响,唐宋诗人都是根据此书用韵,而在唐代和宋代编的韵书,也都是以《切韵》为基础进行增订的。如唐代开元时期孙愐(miǎn)等奉命编的《唐韵》,只把《切韵》作了一番校正工夫。北宋初年陈彭年、邱雍等奉命编的《广韵》,稍晚由丁度、刘淑等增订《广韵》而成的《集韵》,都是以《切韵》为根据进行修订的。陆法言等编的《切韵》早已失传,只留下少数残卷。但《广韵》和《集韵》一直流传到现在。这两部韵书都分二百零六个韵目,韵目分平、上(shǎng)、去、入四类。每个韵目收集韵母相同或韵母基本相同并且声调相同的字若干个。其中《集韵》编成的时间较晚,所收的字较《广韵》为多。

　　韵书中所分的平、上、去、入四声,又分为平声和仄声两大类。平声包括阴平和阳平,就是今天汉语拼音的第一声和第二声,属于一类。仄声包括上、去、入三声。在今天的汉语拼音中,上声是第三声,去声是第四声,入声字已不存在,分别并入其他三声中。但在诗词中,入声字仍然是一个独立的声调。

　　到南宋年间,北方金王朝统治地区,有王文郁其人刊行一种《平水新刊韵略》,这部韵书只有一百零六个韵目,仍分平、上、去、入四声,较通行在南方的《集韵》减少了一百个韵目。又过了二十多年,也是在金政权统治地区,有平水人刘渊刊行《壬子新刊礼部韵略》,包括一百零七个韵目,比王文郁的韵书多一个上声韵目。由于前一种韵书的书名中有

"平水"二字,而后一种韵书是平水人刊行的,所以后人就称为"平水韵"。平水韵比《集韵》少了一百个韵目,使用起来方便,从此便取代《集韵》而通行开来。以后元人阴时夫编的《韵府群玉》,把刘渊增加的一个韵目并入相近的韵目,仍是一百零六个韵目。王文郁和刘渊编的两种韵书都已失传。但它的资料保存在清康熙年间根据《韵府群玉》等韵书编定的《佩文诗韵》中。这部诗韵所用的资料是金、元以后写诗的人用韵的根据,一直通行了七百多年。

《佩文诗韵》的韵目也是一百零六个,仍分平、上、去、入四声,其中平声韵目三十个,上声韵目二十九个,去声韵目三十个,入声韵目十七个。现列举如下。

上平声 一东 二冬 三江 四支 五微 六鱼 七虞 八齐 九佳 十灰 十一真 十二文 十三元 十四寒 十五删

下平声 一先 二萧 三肴 四豪 五歌 六麻 七阳 八庚 九青 十蒸 十一尤 十二侵 十三覃 十四盐 十五咸

上 声 一董 二肿 三讲 四纸 五尾 六语 七麌(yǔ) 八荠(古音读上声) 九蟹(古音读上声) 十贿(古音读上声) 十一轸 十二吻 十三阮 十四旱(古音读上声) 十五潸 十六铣 十七篠 十八巧 十九皓(古音读上声) 二十哿(gě) 二十一马 二十二养 二十三梗 二十四迥 二十五有 二十六寝 二十七感 二十八琰(yǎn) 二十九豏

（xiàn，古音读上声）

去　声　一送　二宋　三绛　四寘(zhì)　五未　六御　七遇　八霁　九泰　十卦　十一队　十二震　十三问　十四愿　十五翰　十六谏　十七霰　十八啸　十九效　二十号　二十一箇　二十二祃(mà)　二十三漾　二十四敬　二十五径　二十六宥　二十七沁　二十八勘　二十九艳　三十陷

入　声　一屋　二沃　三觉　四质　五物　六月　七曷　八黠(xiá)　九屑　十药　十一陌　十二锡　十三职　十四缉　十五合　十六叶　十七洽

这一百零六个韵目，每个韵目中都集中了若干个同韵母或韵母基本相同、并且同声调的字。平声的三十个韵目收集的字最多，分为上、下两个部分，所谓上平、下平，只是上、下两个部分的区别，并不是平声分为上平和下平。每个韵目，前面的数字是韵目的序数；后面一字本是这个韵目中的一个字，只是取这一字来代表这个韵目，没有别的用意。

在这一百零六个韵目中，不论是平声韵或仄声韵，也不论是哪一个声调的韵，还有一种"邻韵"的规定。所谓邻韵，就是读音相近的韵，照现代的说法，就是韵母相同或大体相同的韵，如上平声"一东"和"二冬"两个韵目，韵母同是ong，但在古代不算同韵，只作邻韵；又如上平声"三江"和下平声"七阳"两个韵目，韵母同是ang，也称为邻韵。也有一些韵母，按今天读音虽然两个韵目的韵母相同，却不算是邻韵的，如下平声的"八庚""九青""十蒸"三个韵目，韵母同是 eng 或 ing，其中只有"八庚"和"九青"两个韵母是邻韵，而蒸韵与庚韵、青韵不能算邻韵。又如上平声的"十一真""十二文"，下平声的"十二侵"这三个韵目，韵母同是 en 或 in，其中只有真韵和文韵是邻韵，而侵韵与这两个韵目不能算邻韵。

按照过去的规矩，邻韵只能在不要求格律的古体诗中通用。如是近体诗（格律诗），只能在一首诗的第一句通用。

贰 词韵

词虽然是格律诗的另一种形式，但在用韵方面，却没有格律诗那么严格。一首格律诗中只能用一个韵目中的字作韵脚，如果用了其他韵目的字押韵，就叫出韵或落韵，是违犯诗律的。尽管格律诗的第一句可以用邻韵，但是所用的这个邻韵的字，从性质来说是不作为韵脚看的。因为格律诗的第一句是允许不用韵的，这一句的末一字可以用仄声。既然第一句末一字可以用仄声，那么这一字用平声邻韵当然无问题。至于第一句以外的其他各句韵脚，是不能用邻韵的。

可是词的用韵，不但全首词的韵脚都可以通用邻韵，而且还扩大了使用韵目的范围，把另一些不属于本韵目的邻韵的字也作通用韵使用。由于使用韵目的范围更宽，所以称做宽韵。这里所说的宽韵,不同于指某一个韵目包括的常用字数多的所称的宽韵,而是指可以用邻韵和不属于邻韵的其他韵目的字押韵。

词的使用宽韵,是从词这种文学形式正式出现的唐代开始,根据当时的古体诗用韵情况而仿效的。当时写词的人多数是写诗的人,他们把写古体诗时习用的宽韵用于词中,这是很自然的事。而且词在当时是用来配乐曲歌唱的,不像格律诗那样用于考试,所以在用韵上就和古体诗一样比较自由,不受格律诗用韵规则约束。

在唐人写的词中,既有一首词只用一个韵目中的字做韵脚的,同时更有通用邻韵和扩大邻韵范围运用宽韵的。由于唐人词开了用宽韵的先例,以后五代时期和宋代的词都跟着用宽韵,宋以后的词就更不必说了。

所谓宽韵,除了扩大同声调的韵目范围以外,也和唐代的古体诗用韵一样,从宋代开始,宽韵的范围还扩大到仄声字中的上声和去声同韵母或韵母基本相同的字通押,给词的作者带来了更大的方便。

词用宽韵是历史发展的必然趋势。有了宽韵可以使用,作者就从过去的只能在孤立的一个韵目中选字扩大到几个韵目选韵,从此避免了限于一个韵目用韵所难免的因韵害意,必然会提高作品的艺术效果。

词韵从单一韵目扩大到邻韵以至宽韵,是用韵上的一项重大革新。从中可以看出,古人对旧韵目的划分已感到不合理,因为旧韵目限制了用韵的充分选择。有了这一革新,直接关系到词人的创作。以后许多的优美的词作的产生,与词韵的革新是分不开的。

下面以传说是李白写的入声韵词《忆秦娥》为例,说明唐人在词中运用宽韵的情况。

> 箫声咽。秦娥梦断秦楼月。秦楼月,年年柳色,灞陵伤别。　　乐游原上清秋节,咸阳古道音尘绝。音尘绝,西风残照,汉家陵阙。

这首词上下阕各有四个韵脚,其中各有一个重叠韵,实际各有三个韵脚。上阕的"咽""别"两字和下阕的"节""绝"两字,属佩文韵入声"九屑"韵目;上阕的"月"字和下阕的"阙"字,属佩文韵入声"六月"韵目。"六月"与"九屑"两个韵目虽然不是邻韵,在古体诗中原可通用,在这首词中也作为通用韵目押韵。

再举五代时期南唐后主李煜的平声韵词《浪淘沙》为例:

> 帘外雨潺潺,春意阑珊。罗衾不耐五更寒。梦里不知身是客,一晌贪欢。　　独自莫凭栏,无限江山。别时容易见时难。流水落花春去也,天上人间。

这首词上下阕各有四个韵脚。上阕的"潺",下阕的"山"和"间",属佩文韵上平声"十五删"韵目;其余上阕的"珊""寒""欢",下阕的"栏""难",属佩文韵上平声"十四寒"韵目。两个韵目是邻韵。

下面另以宋代初年范仲淹作的仄声韵词《苏幕遮》为例，说明运用宽韵和仄声韵中上声和去声通押的情况。

> 碧云天，黄叶地。秋色连波，波上寒烟翠。山映斜阳天接水。芳草无情，更在斜阳外。　黯乡魂，追旅思。夜夜除非、好梦留人睡。明月楼高休独倚。酒入愁肠，化作相思泪。

这首词的上下片各有四个韵脚：上片的韵脚是"地""翠""水""外"，下片的韵脚是"思（sì）""睡""倚""泪"。其中的"地""翠""思""睡""泪"五个字属佩文韵去声"四寘"韵目，"外"字属去声"九泰"韵目，而"水"和"倚"字是上声"四纸"韵目。作者在这首词中，以上声韵目"四纸"和去声韵目"四寘"通押；而并不是这两个韵目邻韵的"九泰"韵目中的"外"字，也作为宽韵通押。

以上这种仄声韵上声去声通押和扩大邻韵范围的宽韵使用，在词律中是允许的。

在清代以前，没有专门研究词韵的著作可资依据，写词的人只能参照前人的作品用韵。虽有一种传说是南宋时一无名作者编的《词林韵释》流传下来，但此书以上、去、入三声分属平声韵目，只能算是平仄声通押的曲韵而非词韵。

因词韵是要平仄声分押,而仄声中的入声,除少数例外,一般也不能与上去声通押。《词林韵释》一说是明宪宗成化年间陈铎编的。此书分"东红""邦阳"等十九个韵目。这种韵目归并的方式,对以后的词韵书编著起了启导作用。

清朝初年,沈谦研究了宋词用韵情况,编成《词韵略》一书,内分十九部,其中属于平、上、去声的十四部,属于入声的五部。此书在当时曾受到词作者的重视,以它作为用韵的根据。稍晚一些的词韵著作,有胡文焕编的《文会堂词韵》、吴烺(lǎng)和程名世等人编的《学宋斋词韵》、郑春波编的《绿漪亭词韵》等,但都没有起到多大影响。道光年间,戈载以沈谦编的《词韵略》为基础,编成《词林正韵》,也是平、上、去声十四部,入声五部,共为十九个韵部。戈载的《词林正韵》,写词的人也多作为用韵的根据。《词韵略》和《词林正韵》这两种词韵书,都是把宋代编定的《集韵》中的韵目加以适当归并,所归并的韵目基本上相同。属于平、上、去三声的十四个韵部,如果每个声调分开计算,就是四十二部,加上五个入声韵部,共有四十七部,比过去的平水韵减少六十个韵目。

沈谦编的《词韵略》中所用的《集韵》韵目,经稍晚一点的毛先舒用《佩文诗韵》韵目加以归并标目,但也保留了少数《集韵》中的韵目。而戈载的《词林正韵》,仍然用《集韵》韵目标目。由于《集韵》的韵目过繁,有了《佩文诗韵》后,《集韵》只供音韵工作者研究或参考之用,一般人已不熟悉。这里把《词韵略》和《词林正韵》的十九个韵目,按平水韵目分列于下。

一　平、上、去声十四部

第一部

平声　一东、二冬通用

上声　一董、二肿　⎫
去声　一送、二宋　⎭通用

第二部

平声　三江、七阳通用

上声　三讲、二十二养　⎫
去声　三绛、二十三漾　⎭通用

第三部

平声　四支、五微、八齐、十灰半通用

上声　四纸、五尾、八荠、十贿半　⎫
去声　四寘、五未、八霁、九泰半、十一队半　⎭通用

第四部

平声　六鱼、七虞通用

上声　六语、七麌　⎫
去声　六御、七遇　⎭通用

第五部

平声　九佳半、十灰半通用

上声　九蟹、十贿半　⎫
去声　九泰半、十卦半、十一队半　⎭通用

第六部

平声　十一真、十二文、十三元半通用

上声　十一轸、十二吻、十三阮半 ⎫
去声　十二震、十三问、十四愿半 ⎬ 通用

第七部

平声　十三元半、十四寒、十五删、一先通用

上声　十三阮半、十四旱、十五潸、十六铣 ⎫
去声　十四愿半、十五翰、十六谏、十七霰 ⎬ 通用

第八部

平声　二萧、三肴、四豪通用

上声　十七筱、十八巧、十九皓 ⎫
去声　十八啸、十九效、二十号 ⎬ 通用

第九部

平声　五歌独用

上声　九蟹半、二十哿 ⎫
去声　二十一箇 ⎬ 通用

第十部

平声　九佳半、六麻通用

上声　九蟹半、二十一马 ⎫
去声　十卦半、二十二祃 ⎬ 通用

第十一部

平声　八庚、九青、十蒸通用

上声　二十三梗、二十四迥 ⎫
去声　二十四敬、二十五径 ⎬ 通用

第十二部

平声　十一尤独用

上声　二十五有　｝通用
去声　二十六宥

　　第十三部

平声　十二侵独用

上声　二十六寝　｝通用
去声　二十七沁

　　第十四部

平声　十二覃、十四盐、十五咸通用

上声　二十七感、二十八琰、二十九豏　｝通用
去声　二十八勘、二十九艳、三十陷

二　入声韵五部

　　第一部

一屋、二沃通用

　　第二部

三觉、十药通用

　　第三部

四质、十一陌、十二锡、十三职、十四缉通用

　　第四部

五物、六月、七曷、八黠、九屑、十六叶通用

　　第五部

十五合、十七洽通用

《词韵略》和《词林正韵》中划分的十九个韵目，是词韵的编著人根据多数宋词用韵的情况，把诗韵做了适当归并的产物。但是这只是多数宋词用韵的情况，还没有包括所

有宋词的用韵。例如第六部中的韵,在宋词中有与第十三部中的韵通押的;这两个韵部也有与第十一部中的韵通押的。第七部中的韵,也有与第十四部韵通押的。甚至还有第九部中的韵与第十部中的韵通押的。总之词韵不如诗韵那么严格,可以在较大的用韵范围内选择需用的字来押韵。

第七章　诗律和词律

　　前面说过,词是格律诗的另一种形式,词是要受严格的格律约束的。而词的格律,与诗的格律有密切的关系,要知道词的格律,必须先懂得诗的格律。只要懂得诗的格律,对了解词的格律就迎刃而解,所以,在谈词律以前,必须先谈诗律。下面只把诗律中与词律有直接关系的部分做概略介绍。

壹　近体诗格律要点

　　在整个诗的范围内,古体诗除了用韵而外,不受其他格律限制,而近体诗必须依照格律办,不能违犯。诗的格律到初唐才算完备,所以格律诗(近体诗)是从初唐开始的。

　　格律诗分绝句和律诗两类,都有五言和七言之别。绝句诗每首限定四句,律诗每首八句。另有一种多于八句的律诗,从十句到上百句不等,称为长律或排律。这种长律只是八句一首的律诗延长句数,律诗的格律适用于长律,长律并没有其他规则。

近体诗格律,包括三个部分:一是用韵,也就是一般所说的押韵;二是平仄安排;三是对仗。其中前两种既适用于绝句诗,也适用于律诗;后一种只适用于律诗。

一 用韵

前面说过,诗是要用韵的,古体诗是这样,近体诗也是这样。只是近体诗用韵有一定的规矩,不能随意改变。总结近体诗用韵的规则,计有五点:(一)不论是绝句或是律诗,一首诗的第一句既可用韵,也可不用韵,当然也准许用邻韵。(二)除第一句外,用韵只限偶数句,不能在奇数句用韵。也就是绝句的第三句,律诗的三、五、七句不能用韵,并且在这些句子的末一字限用仄声字。(三)一首诗一般只能用同一韵目的字为韵,有必要时也可用邻韵。(四)一首诗用韵的字不能重复。(五)用韵的字限用平声,不能平、仄混用。

二 平仄安排

根据汉字一字一音的特点,诗句中的音节以两个字或一个字为一顿,照现代的说法,两个字一顿称为双音步,一个字一顿称为单音步。在近体诗中,七言句有三个双音步和一个单音步,五言句有两个双音步和一个单音步。每个双音步的第二字和单音步是每个音节的节奏点,一般称为节拍或拍子。五言诗有三个节拍(第二、第四和末一字),七言诗有四个节拍(第二、第四、第六和末一字)。近体诗字句间的平仄格律,与句中的节拍有直接关系。

近体诗的平仄格律,包括三点:(一)句中平仄交错。(二)句间平仄对立。(三)句间平仄相粘。

(一)句中平仄交错　句中节拍上的字,除句末一字而外,七言句如果第二字用平声,第四字就用仄声,而第六字又用平声;相反,如果第二字用仄声,第四字就用平声,而第六字又用仄声。这样在节拍上平声字仄声字交错着使用,就使音声有高有低,不显得呆板,听起来也悦耳。

这种按照格律规定做到节拍所在的字平仄交错的句子,称为律句;否则称为拗句。

(二)句间平仄对立　绝句诗中的第一句和第二句、第三句和第四句,如果是律诗,更包括第五句和第六句、第七句和第八句,也就是一对句子的上下两句,句中节拍所在的字除开句末一字,平声或仄声必须对立。如七言句中上句节拍所在的字的平仄安排是平仄平,那么下句相同位置的字就是仄平仄;相反,如上句节拍所在的字是仄平仄,那么下句相同位置的平仄安排就是平仄平。符合这种规则叫平仄相对,违反这种规则叫平仄失对。

(三)句间平仄相粘　绝句诗中的第三句和第二句,律诗中更包括第五句和第四句、第七句和第六句,也就是后一对句子的上句和前一对句子的下句之间,句中节拍所在的平声字或仄声字,除开句末一字,必须相同。这种两句之间节拍所在的字平仄相同的规矩,在诗律中称为"粘",粘是粘连、粘合的意思,也就是指两句间节拍上的字平仄相连。违反这种规则叫做失粘。

　　句子间平仄对立和句子间平仄相粘的作用,是使句式安排多样化,声调也有变化而不单调,以加强音乐效果。如果不"对",上下两句的平仄就重复;如果不"粘",上两句和下两句的平仄就雷同了。

三　对仗

　　对仗只适用于律诗。律诗由八句组成,每两句称为一联,第一、二句称为首联或起联,第三、四句称为颔联,第五、六句称为颈联,末两句称为尾联。其中的颔联和颈联,要求用对仗,也就是成为两副对联。这两副对联,上句叫出句,下句叫对句。除了要求平仄安排合乎格律而外,每联出句和对句的词组结构和词性都要求相对。凡是对得工整的称工对;对得不太工整的,只做到词组结构能对而词性不能对的称宽对。至于首联和尾联,按格律规定不用对仗,但不排除使用对仗。如果是长律,除首联和尾联而外,中间的每一联都要用对仗。

四　格　式

(一)绝句诗格式

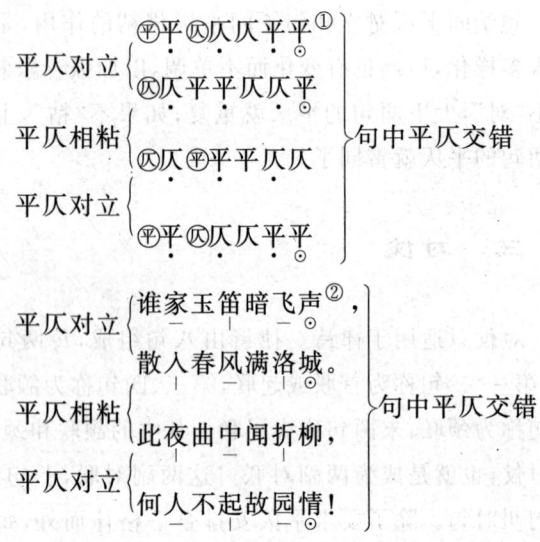

〔唐〕李白《春夜洛城闻笛》

这个格式称为平起式。所谓平起式,是指第一句第一个节拍(第二字)用平声字。这个节拍如改用仄声字,就是仄起式,全

---

① 字上加"〇"号指这个字既可用平声,也可用仄声。字下有"·"号的代表节拍。下同。
② 字下面的"—"号代表平声,"|"号代表仄声。下同。

诗的格律都要改动。下面是仄起式例子,包括格式和作品。

平仄对立 ⎰ 仄仄平平仄仄平
⎱ 平平仄仄平平

平仄相粘 ⎰ 平平仄仄平平
⎱ 平平仄仄平平仄

平仄对立 ⎰ 仄仄平平仄仄平

｝句中平仄交错

平仄对立 ⎰ 云母屏风烛影深,

长河渐落晓星沉。

平仄相粘 ⎰ 常娥应悔偷灵药,

平仄对立 ⎱ 碧海青天夜夜心。

｝句中平仄交错

〔唐〕李商隐《常娥》

(二)律诗格式

平仄对立 ⎰ 平平仄仄平平
⎱ 仄仄平平仄仄平

平仄相粘 ⎰ 仄仄平平仄仄

词性及平仄相对 ⎰ 平平仄仄平平

平仄相粘 ⎰ 平平仄仄平平仄

词性及平仄相对 ⎰ 仄仄平平仄仄平

平仄相粘 ⎰ 仄仄平平仄

平仄相对 ⎱ 平平仄仄平平

｝句中平仄交错

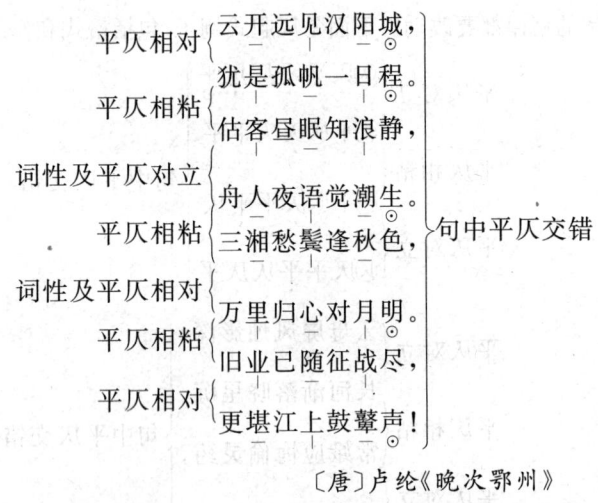

〔唐〕卢纶《晚次鄂州》

从这首例诗可以看出,诗中的平仄安排是完全符合格律规则的。其中颔联(第三、四句)和颈联(第五、六句)是两副对联,每联上下句词组结构相同,词性相对也很工整,属于工对。

　　以上是平起式律诗。下面另以仄起式律诗为例。和绝句诗一样,仄起式指第一句第一个节拍(第二字)用仄声字,以下的平仄安排并作相应的变动。

平仄对立 { （仄）仄平平仄仄平◎

平仄相粘 { （平）平（仄）仄仄平平◎

词性及平仄相对 { （仄）平（仄）仄平平仄

平仄相粘 { （仄）仄平平仄仄平◎

词性及平仄相对 { （仄）仄（平）平平仄仄

平仄相粘 { （平）平（仄）仄仄平平◎

平仄对立 { （平）平（仄）仄平平仄
{ （仄）仄平平仄仄平◎

句中平仄交错

平仄对立 { 花近高楼伤客心，
{ 万方多难此登临。

平仄相粘 { 锦江春色来天地，

词性及平仄相对 { 玉垒浮云变古今。

平仄相粘 { 北极朝廷终不改，

词性及平仄相对 { 西山寇盗莫相侵。

平仄相粘 { 可怜后主还祠庙，

平仄对立 { 日暮聊为《梁甫吟》。

句中平仄交错

〔唐〕杜甫《登楼》

以上这首例诗，颔联和颈联都是工整的对联，不但每联上下句的词组结构相同可成对偶，从词性来看，上下句相对也非常贴切,应属工对。

律诗的对仗,还有许多讲究,其中有一种"扇对"的形式和词有关系,须得加以介绍。

扇对又称扇面对,俗称隔句对。是律诗的领联和颈联本联的上下句不成对,而以两联的上句对上句、下句对下句,也即第一句与第三句对,第二句与第四句对。如杜甫的五言律诗《哭台州司户苏少监》的中两联:

> 得罪台州去,时危弃硕儒。
> 移官蓬阁后,谷贵殁潜夫。

其中领联和颈联都不能自对,却是颈联的出句对领联的出句,颈联的对句对领联的对句。除句末一字因同是出句或对句,平仄不能相对,也无相对的必要,两联的出句之间和对句之间相对,词组结构完全相同;而词性方面,除出句第二字"罪"与"官"相对稍欠贴切而外,其余各处词性相对都颇工整。

近体诗格律,上述用韵、平仄安排和对仗这三个方面,是最基本的。既适用于七言诗,也适用于五言诗。五言诗只是比七言诗少两个字,也就是在句中少一个节拍。所以只须懂得七言诗格律,便懂得五言诗格律。

除了以上所介绍的近体诗格律的三个主要部分而外,作为一首完整形式的格律诗,不论是七言或五言,也不论是绝句还是律诗,还必须注意以下两点。

（一）避免孤平

孤平是格律诗句需要避免的。所谓孤平，从字义来看，就是孤立的平声字，是指一句诗的范围说的。如果诗句中出现孤立的平声字，就叫做"犯孤平"。照现在通行的研究诗的格律的书中对孤平的解释，一种说法，是认为犯孤平的句子，特指两种句式：一种是五言的"仄平仄仄平"句式，另一种是七言的"仄仄仄平仄仄平"句式。因为这两种句式，都是除了句末是平声字而外，句中就只有一个平声字，这个平声字是孤立的，所以这两种句式都犯孤平。至于句子末尾是仄声的句子，不受此种制约，即便全句只有一个平声字，也不算犯孤平。

另一种说法，认为一句诗中不论平声字多少，凡是出现两个仄声字夹一个平声字的情况，就算犯孤平。上面说的"仄平仄仄平"和"仄仄仄平仄仄平"句式，前一种的第二字和后一种的第四字，就是被两个仄声字所夹的平声字，所以这两种句式都是犯孤平的句子。持这种论点的与前一种论点不同的地方，是认为犯孤平需要避免，不仅适用于句末是平声字的句子，同样适用于句末是仄声字的句子。

清朝人王士禛另有一种说法。他认为一句诗中必须有两个相连的平声字，也就是不能使平声字孤立。王士禛这个论点，把前面介绍的两种论点都包括进去，而且没有把句末是仄声字的句子排除在外，较前一种论点更全面。试看犯孤平的五言句"仄平仄仄平"和七言句"仄仄仄平仄仄平"，句中都没有相连的平声字。可见王士禛的论点，比另两种说法更明白^①。

照过去研究诗律的书的说法,认为犯孤平的句子,可以采取补救的办法,经过补救,就算合律。至于补救的办法,是把犯孤平的五言句"仄平仄仄平"的第三字改用平声,犯孤平的七言句"仄仄仄平仄仄平"的第五字改用平声,使分别成为"仄平平仄平"和"仄仄仄平平仄平"句式,这样,就不存在句中除句末是平声字只有一个平声字的情况,也不存在两个仄声字夹一个平声字的情况,而且句中都有两个平声字相连。

这种对犯孤平句子的补救办法,过去研究诗律的书称为"孤平拗救",也就是用拗句来补救孤平的意思。因为照过去的说法,平脚句子的末三字,只能是"仄仄平"或"仄平平"两种类型才算合于格律;可是经过补救的孤平句子的末三字是"平仄平",所以认为是不合格律的拗句。

(二)诗句的末三字避免三平三仄

一句诗的末三字称为三字尾,由两个节拍组成。从音乐效果考虑,这两个节拍中的字,应该既有平声,又有仄声,使音声有变化而不致单调。如果三字尾全是平声或者全是仄声,音律就不会和谐,读起来既不顺口,听起来也不悦耳。所以,在句末的三字,就要求做到平仄搭配。至于怎么样搭配,就得根据近体诗格式,并根据实际需要灵活运用。

---

①　关于孤平的论点,本人另有一些看法,已在拙著《读诗常识》(上海古籍出版社 1981 年出版)中详加论述,此处从略。

以上介绍的诗律中值得注意的两点，同样适用于写词。

诗律中还有一种"拗救"的规则。诗中凡是平仄安排不合格律的句子，称为"拗句"。拗句可以采取补救的办法，称为"拗救"。

拗句的补救办法，分当句救和对句救两种。凡是拗句经过补救的，就算合律。

当句救又称"自救"，也就是在出现拗句的本句采取补救办法。比如句中某个节拍的字不合格律，便在本句中选一个单数字，改变原定的平仄安排，作为补救。前面介绍的孤平拗救，就属于当句救的一个类型。

对句救是当句中节拍上的字出现不合格律的情况，而在本句没有条件进行补救时，就在下一句中适当位置选取一字改变原定的平仄，进行补救。

诗句的三字尾如果出现三个平声字或是三个仄声字，也算是拗句。凡属这种情况，在条件许可时，也要在本句或是对句采取补救方式。

拗救方式与词律关系不大，这里就不多作介绍了。

近体诗格律是古人经过长期写作实践总结出来的一套程式，有助于增加诗歌的艺术效果，并不是束缚诗人手脚的清规戒律。所以一千三百多年来一直得到诗人们的承认，历久不衰。当然，掌握诗律也是比较困难的。我们今天读到一些用五言或七言写的四句、八句诗，虽然标明绝句或律诗，而且思想内容一般都无问题，可是往往读起来不顺口，听起来不悦耳。出现这种情况的主要原因之一，就是不懂诗的格律。

近体诗格律还有许多讲究,以上只是介绍与词的格律有关的部分。如需较全面地了解诗的格律,就须读有关的专著。

贰 词的基本格律

前面说过,词是另一种形式的格律诗,因为不但每一个词牌的字数和句数都有一定的限制,而且字句的安排还要受严格的格律约束。由于词的形成与格律诗有密切关系,有的词牌也是由格律诗演变而来,所以在格律诗中应用的格律,对词也同样适用,只是在不同的词牌中,对格律的运用也有不同的情况,有如在近体诗中,律诗的中两联要用对仗,而绝句诗不要求用对仗一样。

在格律诗中应用的格律,主要的是押韵、平仄安排和对仗。押韵和平仄安排的规则在词中普遍适用;而对仗在词中并不是必须使用,只是在某一些词牌中的某一些句子,过去的词人常常使用对仗,所以后来多数的词作者也依样在这些句子用对仗。

一 押韵

韵是构成一首诗词的基本因素。由于词是由长短句组成,形式不同于格律诗,所以押韵的方式也不相同,不论从全首词用韵的情况来看，或是从词句间用韵的情况来看，还是从一首词中转韵的情况来看，都有不同的形式。下面就按这些不同的用韵形式，分别举例说明。

（一）词调中不同的用韵情况

1.平韵格　所谓平韵格，就是全首词都是用的平声韵脚。以下面一词为例：

细雨斜风作小寒，淡烟疏柳媚晴滩，入淮清洛渐漫漫。　　雪沫乳花浮午盏，蓼茸蒿笋试春盘，人间有味是清欢。

〔宋〕苏轼《浣溪沙·从泗州刘倩叔游南山》

这首词用词韵第七部。上阕的"寒、滩、漫"字，下阕的"盘""欢"字是韵脚。

2.仄韵格　仄韵格就是全首诗都用仄声字为韵。例如：

摇首出红尘，醒醉更无时节。活计绿蓑青笠，惯披霜冲雪。　　晚来风定钓丝闲，上下是新月。千里水天一色，看孤鸿明灭。

〔宋〕朱敦儒《好事近·渔父词》

这首词用韵属词韵入声韵部第四部。上片的"节""雪"，下片的"月""灭"是韵脚。

3.平仄转韵格　这里说的平仄转韵格,包括单调词和双调词。属于单调词,词句有的先用平声韵,再转仄声韵;也有的先用仄声韵,再转平声韵。属于双调词的,则是上下片分别用平仄两种韵,多是上片用仄声韵,下片转平声韵。更有在上下片中,都由仄声韵转平声韵,或是只在下片中由仄声韵转平声韵的。下面分别举例。

甲　单调先用平声韵,再转仄声韵的:

　　画舸停桡,槿花篱外竹横桥。水上游人沙上女,回顾,笑指芭蕉林里住。

〔后蜀〕欧阳炯《南乡子》

这首词前面两句用平声韵"桡""桥",属词韵第八部;后面三句转用仄声韵"女""顾""住",属词韵第四部。

乙　单调先用仄声韵,再转平声韵的:

　　万枝香雪开已遍,细雨双燕。钿蝉筝,金雀扇,画梁相见。雁门消息不归来,又飞回。

〔唐〕温庭筠《蕃女怨》

这首词前面用四仄韵"遍""燕""扇""见",属词韵第七部;后面用两平韵"来""回",属词韵第五部。

丙　双调词从下片转韵的,例如:

柳塘新涨,艇子操双桨。闲倚曲栏成怅望,是处春
愁一样。　　傍人几点飞花,夕阳又送栖鸦。试问画
楼西畔,暮云恐近天涯。

〔宋〕吕本中《清平乐·柳塘书事》

这首词的上片用仄声韵,属词韵第二部,其中"涨""桨"是上
声,"望""样"是去声,上去声通押。下片转平声韵,属词韵
第十部。

丁　双调词上下片都分别转韵的,例如:

郁孤台下清江水,中间多少行人泪。西北望长安,
可怜无数山!　　青山遮不住,毕竟东流去。江晚正
愁予,山深闻鹧鸪。

〔宋〕辛弃疾《菩萨蛮·书江西造口壁》

这首词用了四个韵,上下片都是用一个仄韵和一个平韵;并
且上下片的平韵或仄韵都不同韵:上片的"水""泪"属词韵
第三部,"水"字是属佩文韵上声"四纸"韵目,"泪"字属佩文
韵去声"四寘"韵目,上去声通押。上片的"安""山"属词韵
第七部。下片的"住""去"属词韵第四部,"予""鸪"虽也属
词韵第四部,但是"住""去"是仄声字,"予""鸪"是平声字,
这里不作为通押。

戊　双调词,只在上片或下片句子中转韵的,例如:

　　晓月坠，宿云微，无语枕频敧。梦回芳草思依依，
天远雁声稀。　　啼莺散，余花乱，寂寞画堂深院。片
红休扫尽从伊，留待舞人归。

〔南唐〕李煜《喜迁莺》

　　这首词上片用四个平声韵脚"微""敧""依""稀"，不转韵。
下片先用三个仄声韵脚"散""乱""院"，再转两个平声韵脚
"伊""归"。上下片的平声韵脚都属词韵第三部，下片的仄
声韵脚属词韵第七部。

　　4.平仄韵交错格　　在单调词或者是双调词中，都有平
仄声字交错押韵的，下面分别举例。

　　甲　平仄交错押韵的单调词

　　一点露珠凝冷，波影，满池塘。绿茎红艳两相乱，
肠断，水风凉。

〔唐〕温庭筠《荷叶杯》

　　这首单调词共六句，其中四仄韵、两平韵，交错使用。四仄
韵中，"冷""影"属词韵第十一部，"乱""断"属词韵第七部。
两平韵"塘""凉"属词韵第二部。

　　乙　平仄交错押韵的双调词

　　万里黔中一漏天，屋居终日似乘船。及至重阳天

也霁，催醉，鬼门关外蜀江前。　　莫笑老翁犹气岸，
君看，几人黄菊上华颠。戏马台南追两谢，驰射，风流
犹拍古人肩。

〔宋〕黄庭坚《定风波》

这首词上片起首两句用平声韵脚"天""船"二字，以下两句
转仄声韵脚"霁""醉"，歇拍句又转平声韵脚"前"字。过片
两句用仄声韵脚"岸""看"二字，第三句转平声韵脚"颠"字，
接下两句又转仄声韵脚"谢""射"二字，结句换平声字"肩"
做韵脚。全首词以平声韵和仄声韵交错使用。词中上下片
的平声韵只用词韵第七部一个韵部的字；仄声韵却用了三
个韵部的字：上片的"霁""醉"属词韵第三部；下片的"岸"
"看"属词韵第七部，"谢""射"属词韵第十部。

5.平仄韵通押格　所谓平仄韵通押，是指一首词中用
一个韵部的字押韵的前提下，平声字和仄声字可以通押。
平仄通押的词牌为数不多，下面举两个例子。

满载一船明月，平铺千里秋江。波神留我看斜阳，
唤起鳞鳞细浪。　　明日风回更好，今朝露宿何妨。
水晶宫里奏《霓裳》，准拟岳阳楼上。

〔宋〕张孝祥《西江月·黄陵庙》

这首词上阕的"江""阳"二字是平声，"浪"字是仄声；下阕的

"妙""裳"二字是平声,"上"字是仄声。都属词韵第二部,平仄通押。

　　晚秋天,一霎微雨洒庭轩。槛菊萧疏,井梧零乱,惹残烟。凄然,望江关,飞云黯淡夕阳间。当时宋玉悲感,向此临水与登山。远道迢递,行人凄楚,倦听陇水潺湲。正蝉吟败叶,蛩响衰草,相应喧喧。　　孤馆,度日如年,风露渐变,悄悄至更阑。长天净,绛河清浅,皓月婵娟。思绵绵。夜永对景,那堪屈指,暗想从前。未名未禄,绮陌红楼,往往经岁迁延。帝里风光好,当年少日,暮宴朝欢。　　况有狂朋怪侣,遇当歌对酒竞流连。别来迅景如梭,旧游似梦,烟水程何限!念利名憔悴长萦绊,追往事,空惨愁颜。漏箭移,稍觉轻寒。渐呜咽画角数声残。对闲窗畔,停灯向晓,抱影无眠。

　　　　　　　　　　　　　　　　〔宋〕柳永《戚氏》

　　这首三叠词用韵属词韵第七部。第一叠的韵脚"乱",第二叠的韵脚"馆""变""浅",第三叠的韵脚"限""绊",都是仄声字,与词中各段的其他平声字韵脚通押。其中"馆""浅"二字是上声字,"变""限""绊"是去声字,所以此词又是平上去三声通押。如以上两个例子的平仄声韵通押的情况,在古体诗中也是少见的。到词演变成曲以后,平仄通押的方式才在曲中正式使用。

(二)词句中不同的用韵情况

1. 全首词句句都用韵,而且用一韵到底的。这种用韵的方式,有如古体诗中的"柏梁体"[①]。其中又分用平声韵和用仄声韵的。

甲　用平声韵的,以下面一词为例:

　　好花不与殢(dì)香人,浪粼粼。又恐春风归去绿成阴,玉钿(tián)何处寻?　　木兰双桨梦中云,小横陈。漫向孤山山下觅盈盈,翠禽啼一春。

　　　　　　　　　〔宋〕姜夔《鬲[②]溪梅令》

这首词句句都用平声韵脚。除下阕第三句的韵脚"盈"字属词韵第十一部,其余七个韵脚的字都属词韵第六部。在宋人的词中,词韵第六部的字与第十一部的字可以通押,所以这首词也算是只用一个韵。

乙　用仄声韵的,以下面一词为例:

　　天接云涛连晓雾,星河欲转千帆舞。仿佛梦魂归

---

① 汉武帝在柏梁台邀集群臣赋诗,每人一句,句句用韵。后人把这种每句用韵的诗称为"柏梁体"。

② 鬲:同"隔"。

帝所，闻天语，殷勤问我归何处。　　我报路长嗟日
暮，学诗谩有惊人句。九万里风鹏正举。风休住，蓬舟
吹取三山去。

〔宋〕李清照《渔家傲》

全词用词韵第四部。上阕的"雾""处"，下阕的"暮""句"
"住""去"是去声字；上阕的"舞""所""语"，下阕的"举"是上
声字，上去声通押。

2.句句都用韵，上下阕都是先用仄声韵、后用平声韵
的。如：

春花秋月何时了，往事知多少！小楼昨夜又东风，
故国不堪回首月明中。　　雕阑玉砌依然在，只是朱
颜改。问君能有几多愁，恰似一江春水向东流。

〔南唐〕李煜《虞美人》

这首词用了四个韵：上下阕的前两句用仄韵，后两句用平
韵。上阕前两句的韵脚"了""少"属词韵第八部，下阕前两
句的韵脚"在""改"属词韵第五部；上阕后两句的韵脚"风"
"中"属词韵第一部，下阕后两句的韵脚"愁""流"属词韵第
十二部。

3.上下阕都以平声韵的句子为主，只有一句句末用仄
声字的。如：

> 　　十里青山远,潮平路带沙。数声啼鸟怨年华,又是
> 凄凉时候在天涯。　　　白露收残月,清风散晓霞。绿
> 杨堤畔问荷花:记得年时沽酒那人家?
>
> 　　　　　〔宋〕僧仲殊《南柯子·忆旧》

这首词的上下阕都只有起句是仄脚,其他各句都用平声韵脚,属词韵第十部。

　　4.上下阕都以仄声韵的句子为主,只有一句句末是平声字的。如:

> 　　新月娟娟,夜寒江静山衔斗。起来搔首,梅影横
> 窗瘦。　　　好个霜天,闲却传杯手。君知否:乱鸦啼
> 后,归兴浓于酒。
>
> 　　　　　〔宋〕汪藻《点绛唇》

这首词的上下阕,都是在起句的末一字用不作韵脚的平声字;其余各句都用同一个仄声韵的韵脚,属词韵第十二部。各个韵脚字中,“瘦”“后”两字是去声字,其他是上声字,上去声通押。

　　5.全首词都是两个平脚句夹一个仄脚句的。例如:

> 　　昨夜寒蛩不住鸣。惊回千里梦,已三更。起来独
> 自绕阶行。人悄悄,帘外月胧明。　　　白首为功名。

旧山松竹老,阻归程。欲将心事付瑶筝。知音少,弦断
有谁听!

〔宋〕岳飞《小重山》

这首词共十二句,上下阕各六句,都是两个平脚句夹一个仄
脚句。用来押韵的字属词韵第十一部。

6. 全首词都是先有两个不用韵句,再用一个平声韵脚
的。如:

并(bīng)刀如水,吴盐胜雪,纤指破新橙。锦幄初
温,兽香不断,相对坐吹笙。   低声问:向谁行宿?
城上已三更。马滑霜浓,不如休去,直是少人行。

〔宋〕周邦彦《少年游·感旧》

这首词共十二句,上下阕各六句,都是两个不用韵仄脚句之
后用一个平脚句押韵。属词韵第十一部。

7. 上下阕都是先用两个仄脚句,以后是两个平声韵脚
句的如:

上东门,门外柳,赠别每烦纤手。一叶落,几番秋,
江南独倚楼。   曲阑干,凝伫久,薄暮更堪搔首。无
际恨,见闲愁,侵寻天尽头。

〔宋〕贺铸《更漏子》

这首词共十二句。上下片都是由仄声韵转平声韵。属词韵第十二部。

8.一首词中每隔三句用韵的。如：

> 落日镕金，暮云合璧，人在何处？染柳烟浓，吹梅笛怨，春意知几许。元宵佳节，融和天气，次第岂无风雨！来相召，香车宝马，谢他酒朋诗侣。　　中州盛日，闺门多暇，记得偏重三五。铺翠冠儿，捻金雪柳，簇带争济楚。如今憔悴，风鬟雾鬓，怕见夜间出去。不如向、帘儿底下，听人笑语。

> 〔宋〕李清照《永遇乐》

这首词上片的韵脚"处"和下片的韵脚"去"是去声，其他韵脚是上声字，上去声通押。属词韵第四部。

9.一首词中的韵脚，有用相同的字的，如以下这首词：

> 春归何处？寂寞无行路。若有人知春去处，唤取归来同住。　　春无踪迹谁知，除非问取黄鹂。百啭无人能解，因风飞过蔷薇。

> 〔宋〕黄庭坚《清平乐》

这首词上阕第一句和第三句，韵脚都是"处"字。这种在一首词中用相同的字做韵脚的情况，不论在古体诗或近体诗和词中,都是少见的。黄庭坚在这首词中别开生面,用相同的字押韵,但是读起来并不因了韵脚字重复而产生不良后果,相反,由于两个"处"字本身原是有机联系:第一句不知"春归何处",才有第三句的假设"若有人知春去处",先后照应,所以更感语言质朴明快,非常自然。类似这种以相同的字入韵的例子,在宋人词中还可以找到。

再如以下这首词:

> 吴山青,越山青,两岸青山相送迎。谁知离别情! 君泪盈,妾泪盈,罗带同心结未成。江头潮已平。

> 〔宋〕林逋(bū)《长相思》

这首词上阕用了两个"青"字韵脚,下阕用了两个"盈"字韵脚。从词的内容来看,是写一对情侣,不能结成夫妇,在离别时的痛苦心情。上阕写从吴山乘船到越山,沿途两岸的山一片青葱,连用两个"青"字做韵脚更加形象,确有必要。下阕写由于离别,男女两人的眼里都包满泪水,用两个"盈"字做韵脚,更刻画出一对情侣在分离时的复杂情感。

词中还有因格律规定须用重叠句,以致用韵相同的。例如:

> 清溪咽,霜风洗出山头月。山头月,迎得云归,还

送云别。　　不知今是何时节，凌歊（xiāo）望断音尘
　△
绝。音尘绝，帆来帆去，天际双阙。
△　　　△

〔宋〕李之仪《忆秦娥》

这首词按格律规定，上下阕第二句的末三字，须作为重叠
句，所以用韵也就重复。

也有不是格律规定须用重叠句，作者也用了重叠句，以
致用韵的字重复的。例如：

恨君不似江楼月，南北东西。南北东西，只有相随
　　　　　　　　　　◎
无别离。　　恨君却似江楼月，暂满还亏。暂满还亏，
　◎
待得团圆是几时！
　　◎

〔宋〕吕本中《采桑子》

10.词中还有用同一字做韵脚通贯全词，或占全词用韵
句子半数的，称为"福唐独木桥"体。这种称呼的意义，已无
从查考。写这种体式的，先后有宋代的黄庭坚、方岳、赵长
卿、辛弃疾、蒋捷、刘克庄和金朝的元好问等人。这里举一
首为例。

黄花深巷，红叶低窗，凄凉一片秋声。豆雨声来，
　　　　　　　　　　　　　　　　◎
中间夹带风声。疏疏二十五点，丽谯门不锁更声。故
　　　　　◎　　　　　　　　　　　　　◎
人远，问谁摇玉佩，檐底铃声。　　彩角声吹月堕，渐
　　　　　　　　　　　◎

连营马动,四起笳声。闪灼邻灯,灯前尚有砧声。知他
诉愁到晓,碎哝哝多少蛩声。诉未了,把一半分与雁声。

〔宋〕蒋捷《声声慢》

11.在平声韵词中,也有把不属用韵的仄脚句,也用上
仄声韵,成了平仄韵通押的。如:

南国本萧洒,六代浸豪奢。台城游冶,襞笺能赋属
宫娃。云观登临清夏,璧月留连长夜,吟醉送年华。回
首飞鸳瓦,却羡井中蛙。　　访乌衣、寻白社,不容车。
旧时王谢,堂前双燕过谁家?楼外河横斗挂,淮上潮平
霜下,樯影落寒沙。商女篷窗罅(xià),犹唱《后庭花》。

〔宋〕贺铸《水调歌头·台城游》

这首词经作者把仄脚句也用了韵,全词都用词韵第十部中
的字平仄通押,其中的仄声韵,又是上去声通押。

12.词中也有仿楚辞体,在句中或句末用"兮""些"这类
语助词的。最初是辛弃疾试写了两首:一首是《醉翁操》,把
"兮"字用在句子中间;另一首是《水龙吟》,既在句中用"兮"
字,又把"些"字作为韵脚,并且在这个"些"字韵脚上面另用
韵脚。以后只有南宋末年的蒋捷仿辛弃疾写过一首楚辞体
《水龙吟》,此后就再没有见到有人用楚辞体写词了。下面
以辛弃疾的《水龙吟·再题瓢泉》做例子。

听兮清佩琼瑶<u>些</u>，明兮镜秋毫<u>些</u>。君无去此，流昏
涨腻，生蓬蒿<u>些</u>。虎豹甘人，渴而饮汝，宁猿猱（náo）
<u>些</u>。大而流江海，覆舟如芥，君无助狂涛<u>些</u>。　　路险
兮山高<u>些</u>，愧余独处无聊<u>些</u>。冬槽春盎，归来为我，制
松醪<u>些</u>。其外芳芬，团龙片凤，煮云膏<u>些</u>。古人兮既
往，嗟余之乐，乐箪瓢<u>些</u>。

《水龙吟》这首词是仄声韵脚，所以"些"字改读仄声。各个"些"
字上面的一字，上阕的"瑶""毫""蒿""猱""涛"，下阕的"高"
"聊""醪""膏""瓢"等，是用的平声韵脚字，属词韵第八部。

13. 词中还有在句子中间用韵的，称为句中韵。这是在
词用来歌唱时，在句子中的某一个字用韵以适应节拍，使歌
唱时更为动听。南宋人沈义父在他所著的《乐府指迷》中特
为指出。例如：

倾城尽寻胜去，骤雕鞍绀幰出郊坰。

〔宋〕柳永《木兰花慢》

年年如社燕，飘流瀚海，来寄修椽。

〔宋〕周邦彦《满庭芳》

以上两例第一句的第二字，都是句中韵。

句中韵还有隔两三字用一个韵的。例如：

　　琅然清圆谁弹,响空山无言。
　　　　⊙　⊙　⊙　　　⊙　　⊙

　　　　　　　　　　　〔宋〕苏轼《醉翁操》

　　春梦人间须断,但怪得当年,梦缘能短。
　　　⊙　⊙　　　　　⊙　⊙

　　　　　　　　　　〔宋〕吴文英《三姝媚》

这种句中用韵的情况,只在少数作者的作品中出现。上例
《木兰花慢》调中的这一句中用韵,其他作者写《木兰花慢》,
就很少有这种情况。如辛弃疾写了五首《木兰花慢》,没有
一首在这一句中用韵的。至于《满庭芳》这个词调,由于换
头二字可以独立成句,倒是有在第二字用韵的,除周邦彦而
外,如秦观、米芾、晁端礼等,都在这个词牌的换头第二字用
韵。但也有在这个字不用韵的,如晁补之、陈瓘作的《满庭
芳》,都把换头句作五字句使用,在第二字上不用韵。一般
在句子中用韵的,属于文字游戏,并不是格律的规定。

　　14. 入声字与上去声通押的。如:

　　　　柳暗凌波路。送春归,猛风暴雨,一番新绿。千里
　　潇湘葡萄涨,人解扁舟欲去。又樯燕、留人相语。艇子
　　　　　　　　　　　△　　　　　　　　　　△
　　飞来生尘步,唾花寒、唱我新翻句。波似箭,催鸣
　　　　　　　　　　　　　　　△
　　橹。　　　　黄陵祠下山无数。听湘娥、泠泠曲罢,为谁情
　　△　　　　　　　　　　　△　　　　　　　　　△
　　苦。行到东吴春已暮,正江阔潮平稳渡。望金雀、觚
　　△
　　(gū)稜翔舞。前度刘郎今重到,问玄都、千树花存否?
　　　　　△　　　　　　　　　　　　　　　　　　　　△

愁为传,幺弦诉。
　　　　　　　　　△

〔宋〕辛弃疾《贺新郎·赋琵琶》

这首词除第四句的韵脚"绿"字而外,其他韵脚都用词韵第四部的字。其中"语""橹""苦""舞""否"各字是上声,"路""去""句""数""渡""诉"各字是去声。第四句的韵脚"绿"字是入声,属词韵入声韵第一部。这种用入声字与上去声字通押的方式,已为以后的曲韵开了先例。

15.一首词转八次韵的。如:

缚虎手,悬河口,车如鸡栖马如狗。白纶(guān)巾,扑黄尘,不知我辈可是蓬蒿人。衰兰送客咸阳道,天若有情天亦老。作雷颠,不论钱,谁问旗亭美酒斗十千!　　　酌大斗,更为寿,青鬓常青古无有。笑嫣然,舞翩然,当垆秦女十五语如弦。遗音能记秋风曲,事去千年犹恨促。揽流光,系扶桑,争奈愁来一日却为长!

〔宋〕贺铸《小梅花》

这首词共转八次韵,是词中转韵次数最多的一首。上片先用词韵第十二部韵,转第八、第六、第七各部韵;下片先用词韵第十二部韵,转入声韵第四部韵,再转第七、第二部韵。

(三)词中转韵的不同情况

词的转韵,主要有以下几种形式。

1．一韵到底不须转韵的。属于用平声韵的，如前面所举的词例中的《浣溪沙》《南柯子》《鬲溪梅令》《小重山》《少年游》等；属于仄声韵的，如词例中的《忆秦娥》《点绛唇》《渔家傲》《永遇乐》等。

2．转两次韵的。如词例中的《清平乐》《西江月》等。

3．转四次韵的，如词例中的《菩萨蛮》《定风波》《虞美人》等。

4．转八次韵的，如词例中的《小梅花》。

根据以上介绍的词的押韵情况，可以明白词的押韵，除必须在需要用韵的句子的末一字押韵，算是词中押韵的共同之点而外，其他都是根据不同的词牌来安排韵脚。不仅押韵的句子随词牌而异，就是用于押韵的字是用平声或仄声，也要根据词牌而定。所以，要熟悉词的押韵情况，须先得熟悉词牌。

二　平仄安排

（一）句中平仄交错

格律诗是五字或七字一句，可是词句的字数就不是固定的，有一字句、二字句、三字句、四字句、五字句、六字句、七字句到十字句等长短不同的句式。尽管句式比格律诗多样，但是格律诗句的节拍划分原则，除词中的一些句子，在某种特定的情况下可以改变而外，一般都适用于词的句子，

就是以句中的双数字和末一字作为节拍,并且在节拍上的
字(不包括句末一字)必须平声和仄声交错使用。这种平声
字和仄声字在节拍所在交错使用的句子,因是符合格律规
定的,称为"律句";违反平仄交错规则的,称为"拗句"。这
是根据格律诗的说法。

　　下面以一首平声韵脚的词为例。

　　　　　雨暗初疑夜,
　　　　　风回便报晴。
　　　　　淡云斜照著山明,
　　　　　细草软沙溪路马蹄轻。

　　　　　卯酒醒还困,
　　　　　仙村梦不成。
　　　　　蓝桥何处觅云英?
　　　　　只有多情流水伴人行。

　　　　　　　　　　　　　〔宋〕苏轼《南歌子》

这首词每一句都是律句。从中可以看出,全首词八句,每一
句除句末一字这个节拍而外,每句节拍所在的字(双数字)
都是平声和仄声交错使用的。

　　下面再以一首仄声韵脚的词为例。

　　杨柳回塘，

　　鸳鸯别浦，

　　绿萍涨断莲舟路。

　　断无蜂蝶慕幽香，

　　红衣脱尽芳心苦。

　　返照迎潮，

　　行云带雨，

　　依依似与骚人语：

　　当年不肯嫁春风，

　　无端却被秋风误！

　　　　　　　　　　〔宋〕贺铸《踏莎行》

这首词每一句都是律句。除句末一字而外，每一句节拍所
在的字都是平声和仄声交错使用的。

　　(二)句子间平仄对立和相粘

　　由于词牌有各种不同的形式，各个词牌的句数、字数千
差万别，押韵情况也多种多样，因此，词虽然是格律诗的另一
种形式，但是格律诗中两句间节拍上的字平仄对立和平仄相
粘的规则，在词中只能根据各个词牌的实际情况适当运用。
这种情况，与格律诗固定哪些句子间节拍用字应该平仄对

立,哪些句子间节拍用字又应该平仄相粘,有明显的不同。

　　词句间节拍所在字的平仄对立或相粘,必须在词句完全合律的前提下安排,如果两句间有一句是拗句,就谈不上平仄对立或相粘。

　　由于词句的字数多少不一致,两句间平仄对立或相粘,都不可能像格律诗那样句式整齐。词句间的平仄对立,只是在使用律句的前提下,上句是平起式,下句就须用仄起式;相反,上句是仄起式,下句就须用平起式。至于词句间平仄相粘,只是要求上下句是平起或仄起都相同,并不要求两句间句式整齐。

　　下面以一首平声韵脚的词为例。

平仄相粘 $\left\{\begin{array}{l}\text{落红铺径水平池,}\\[2pt]\text{弄晴小雨霏霏。}\end{array}\right.$

平仄相粘 $\left\{\begin{array}{l}\text{杏园憔悴杜鹃啼,}\\[2pt]\text{无奈春归!}\end{array}\right.$

平仄对立

平仄对立 $\left\{\begin{array}{l}\text{柳外画楼独上,}\\[2pt]\text{凭阑独捻花枝}\end{array}\right.$

平仄相粘 $\left\{\begin{array}{l}\text{放花无语对斜晖,}\\[2pt]\text{此恨谁知!}\end{array}\right.$

平仄对立

〔宋〕秦观《画堂春》

另以一首仄声韵脚的词为例。

平仄相粘 { 槛菊愁烟兰泣露。

平仄相粘 { 罗幕轻寒，燕子双飞去。

平仄对立 { 明月不谙离恨苦，

斜光到晓穿朱户。

平仄相粘 { 昨夜西风凋碧树。

平仄相粘 { 独上高楼，望尽天涯路。

平仄对立 { 欲寄彩笺兼尺素，

山长水阔知何处。

〔宋〕晏殊《蝶恋花》

从以上两首词例可以看出，每首词句子间的平仄对立或相粘，各不相同。要知道某一个词牌的格律，除了句中节拍所在的字，必须做到平仄交错而外，至于句子间平仄的对立和相粘，只能根据作品或检查词谱，然后依照格律安排句中的平仄，并没有共同的规律可依据。

须得指出的，词中句子间的平仄对立或相粘，是指某一个词牌的一般情况说的；也有某个词牌的某些句子间，按一般情况平仄应该对立，但有的作者为了文字表达的实际需要，打破词牌固有的格式，把平仄应该对立的句子改为平仄相粘，或把应该平仄相粘的句子改为平仄对立，这种情况也是常有的。

如《水调歌头》这个词牌的起首二句,按词谱格式,第一句是"⊗仄平平仄",第二句是"⊗仄仄平平",两句平仄相粘。如苏轼的《水调歌头》起首两句"明月几时有,把酒问青天",平仄安排是"平仄仄平仄,仄仄仄平平";叶梦得的《水调歌头》起首两句"霜降碧天静,秋事促西风",平仄安排是"平仄仄平仄,平仄仄平平",上下句都是平仄相粘。可是辛弃疾的《水调歌头·盟鸥》的起句是"带湖吾甚爱",平仄安排是"仄平平仄仄",与下句"千丈翠奁开"用的"平仄仄平平",不是平仄相粘而是对立。他的另一首《水调歌头·赋松菊堂》的起首两句是"渊明最爱菊,三径也栽松",平仄安排是"平平仄仄仄,平仄仄平平",两句也是平仄对立而非相粘。

又如《渔家傲》这个词牌的起头两句,按一般的格式是"⊗仄⊕平平仄仄,⊕平⊗仄平平仄",上下句平仄相对立。如范仲淹的《渔家傲》起首两句"塞下秋来风景异,衡阳雁去无留意",就用的"仄仄平平平仄仄,平平仄仄平平仄";陆游的《渔家傲》的开头二句"东望山阴何处是,往来一万三千里",也是"平仄平平平仄仄,仄平仄仄平平仄";上下句都是平仄相对立。可是明代人凌彦翀(chōng)写来赠杨复初的《渔家傲》,起首两句却是平仄相粘:"采芝步入南山道,山深宛似蓬莱岛。"平仄安排是"⊗平仄仄平平仄,平平仄仄平平仄"。而杨复初与瞿佑用原韵和凌彦翀这首词,起首两句都用的平仄相粘句式。

从以上例子可以看出,词牌规定的句子间的平仄安排,并不是一成不变的,在实际需要的情况下,可以灵活运用,做适当的改变。

三 对仗

词句并不要求用对仗,但由于词的某一些句子上下句字数相同,而韵脚又是对立的情况很多,作者常常在这种句式使用对仗,形成对偶句子,以加强艺术效果。词句对仗的形成,是最初有人在某一个词牌中偶然用了对偶句子,以后的人依样画葫芦,往往把这一词牌使用对偶句子的形式承袭下来,于是这一词牌的某些句子,大体上就成了固定用对仗的句子。如《西江月》这个词牌的起首两句,大多是用对仗的。以辛弃疾的词集中收的十五首《西江月》来看,其中只有《和赵晋臣敷文赋秋水瀑泉》一首的起首两句"八万四千偈(jì)后,更谁妙语披襟"不用对仗,其余十四首都用了对仗。又如《鹧鸪天》这个词牌上片的三四两句,和换头的两个三字句;《木兰花》调上片的三四两句;《踏莎行》调的开头两句;《沁园春》调上片的四五两句和六七两句,下片的三四两句和五六两句等等,都常用对仗。

但是词中用对仗的句子并不是固定的,即便前人在某个词牌的某些句子用了对仗,后人也不作为必须遵守的格律跟着用对仗。仍以《西江月》这个词牌为例。北宋词人在这个词牌的上下片开头两句大多用对仗,可是南宋的张孝祥在用以题溧阳三塔寺的《西江月》中,起首两句是"问讯湖边春色，重来又是三年"，过片两句是"世路如今已惯，此心到处悠然"，都不是对偶句子。再如《鹧鸪天》这个词牌上片的三四两句，一般都用对仗，如北宋晏几道的《鹧鸪天》中的这两句"舞低杨柳楼心月，歌尽桃花扇底风"，对仗很工整。但以后的贺铸在同一调中的这两句"梧桐半死清霜后，头白鸳鸯失伴飞"，就不是对仗句子。

明白这个道理，当读到某些词牌的某些句子有的是用对仗，而有的不用对仗时，就不致认为用对仗的合律，不用对仗的失律。

词句的对仗，不限于格律诗的五字句和七字句，从三字句到多字句，凡上下句字数相同的，作者都可以使用对仗。而上两句对下两句这种格律诗中的"扇对"形式，在某些词牌中也有人使用。

词句中使用对仗，既可用工对，也可用宽对。某些上下句字数相同的句子，即便在前人词中没有用对仗的例子，也允许用对仗。

词中用对仗的规则没有格律诗那样严格。格律诗的对仗，上下两句必须仄脚句在前、平脚句在后，而词中的对仗，上下句既可仄脚句在前、平脚句在后，也可平脚句在前、仄脚句在后，甚至同是平脚句或同是仄脚句，也可使用对仗。律诗的对仗，上下句节拍用字必须平仄对立，可是词中的对仗，两句间平仄相粘也可以使用。在律诗中用于对仗的字，两句间同一位置不能重复，而在词中有时也出现用字相同的情况。下面分别举一些例子。

（一）三字句　属于正常的仄脚句在前、平脚句在后，而且平仄合律的三字对仗句。如辛弃疾的《鹧鸪天》调换头两句"携竹杖，更芒鞋"，姜夔平韵《满江红》下片的"莫淮右，阻江南"等。属于平脚句在前、仄脚句在后的。如北宋梅尧臣的《苏幕遮》词中的"露堤平，烟墅杳"，晏几道的《更漏子》词上下片起句"柳丝长，桃叶小""雪香浓，檀晕少"等。

（二）四字句　四字句对仗，有词义能对而平仄不能对的，也有词义和平仄都能对的。只是词义相对而平仄不能相对的。如柳永的《少年游》上阕中的两句"夕阳岛外，秋风原上"，李清照的《一剪梅》下阕中的"一种相思，两处闲愁"，都是两句间平仄相粘的句子，节拍所在的字平仄不是对立的，但是上下句的词性是能对的。

词性和平仄都能相对的。如苏轼的《念奴娇·赤壁怀古》上阕中的"乱石崩云，惊涛裂岸"，秦观的《踏莎行》起句"雾失楼台，月迷津渡"，周邦彦的《解语花》起首的"风销绛蜡，露浥红莲"等等，就属这一类型。

（三）五字句　五字句对仗，相当于五言律诗的中两联句子。如晏几道的《临江仙》上阕歇拍两句"落花人独立，微雨燕双飞"，苏轼的《南歌子》起句"雨暗初疑夜，风回便报晴"，便是律诗中的工对；又如秦观的《千秋岁》上阕的"飘零疏酒盏，离别宽衣带"，下阕的"日边清梦断，镜里朱颜改"，是句末一字平仄不对的类型；宋人李之仪的《谢池春》上阕的"乳燕穿庭户，飞絮沾襟袖"，是上下句平仄相粘，而句末同是仄声字，只是词性能够相对的类型。

（四）六字句 词中的六字句对仗比较普遍，有的是词义和平仄都能相对的，有的只是词义能对，而上下句是平仄相粘句式，平仄不能相对的。

属于词义和平仄都能相对的。如柳永的《诉衷情近》上片中的"澄明远水生光，重叠暮山耸翠"，苏轼的《西江月》起句"照野㳽㳽浅浪，横空隐隐层霄"，秦观的《八六子》下片中句"夜月一帘幽梦，春风十里柔情"，朱敦儒的《朝中措》上片的"把住都无憎爱，放行总是烟霞"，刘克庄的《风入松》上片的"萧瑟捣衣时候，凄凉鼓缶情怀"，都属这一类型。

仅只词性相对，而平仄不能相对的。如贺铸的《水调歌头·台城游》上片的"云观登临清夏，璧月留连长夜"，下片的"楼外河横斗挂，淮上潮平霜下"，苏轼的《水调歌头·中秋》下片的"人有悲欢离合，月有阴晴圆缺"，都属这一形式。而苏轼这两句的第二字都用"有"字，说明词的对仗，出句和对句同一位置可以用相同的字。

（五）七字句 词的七字句对仗相当于七言律诗的中两联句子。词中出句仄脚、对句平脚的对仗，多用于《瑞鹧鸪》《望江南》《浣溪沙》《鹧鸪天》《破阵子》等调；出句平脚、对句仄脚的对仗，在《木兰花》这一调中比较常见。

出句仄脚、对句平脚的对仗。如欧阳修的《瑞鹧鸪》上片歇拍两句"见了又休还似梦，坐来虽近远如天"和过片二句"陇禽有恨犹能说，江月无情也解圆"。又如苏轼的《望江南》中二句"休对故人思故国，且将新火试新茶"，张孝祥的《浣溪沙》过片二句"万里中原烽火北，一尊浊酒戍楼东"等，就属这一类。宋祁的《玉楼春》上片歇拍二句"绿杨烟外晓寒轻,红杏枝头春意闹",就是出句平脚、对句仄脚的对仗。

(六)扇对　格律诗中的扇对(隔句对),在一些词牌中也有这种对仗形式。如柳永的《玉蝴蝶》上阕的"水风轻,苹花渐老;月露冷,梧叶飘黄",下阕的"念双燕,难凭远信;指暮天,空识归航",就用的扇对。又如周邦彦的《风流子》上阕中的"羡金屋去来①,旧时巢燕;土花缭绕,前度莓墙",辛弃疾的《沁园春·将止酒戒酒杯使勿近》上阕的"甚长年抱渴,咽如焦釜;于今喜睡,气似奔雷",下阕的"况怨无大小,生于所爱;物无美恶,过则为灾",都是第三句对第一句、第四句对第二句的隔句相对的扇对。

四　领句字

词中的领句字,就是在某种特殊结构的句子中,以第一个字领本字后面的几个字,或兼领以下一句至两三句。这个领句字,一般称为"一字豆"。照前人的解释,整句为句,半句为读,"读"音"豆",故借用"豆"字。意思是读这一字时,须稍作停顿,以带动下文。凡是有"一字豆"的句子,须把这一字除开,然后把以下的双数字作节拍安排平仄。下面分别举例说明。

以一字领三字句的。如贺铸的《六州歌头》换头句:

---

① 字下面有"。"号的,这个字称为领句字。详见下一节。

似黄粱梦,辞丹凤,明月共,漾孤篷。

第一句的"似"字就是领句字(一字豆),所领本句的"黄粱梦"和以下几句。

又如柳永的《迷神引》换头后的两句:

觉客程劳,年光晚。

前句的"觉"字就是一字豆,除领本句的"客程劳",还领以下一句"年光晚"。

如以上这种一字领三字的句子,节拍在第三字上。

以一字领四字句的。如秦观的《望海潮》中的以下句子:

正絮翻蝶舞,芳思交加。
有华灯碍月,飞盖妨花。
但倚楼极目,时见栖鸦。

其中的"正絮翻蝶舞,芳思交加","正"字是领句字,须除开,从下面二字"絮翻"开始计算节拍。这个字除领本句"絮翻蝶舞",还领下一句"芳思交加"。以下的"有华灯碍月,飞盖妨花",和"但倚楼极目,时见栖鸦",前两句的"有"字和后两句的"但"字,都是"一字豆",领下面两个四字句。这两个字都不包括在计算节拍的字里面。

又如姜夔的《扬州慢》上片中的以下两句：

> 过春风十里，尽荠麦青青。

句中的第一字是一字豆，各领本句四字。计算节拍，须把这一个字除开。

再如周邦彦的《忆旧游》中的以下三句：

> 渐暗竹敲凉，疏萤照晓，两地魂销。

第一句的"渐"字是一字豆，领以下的三个四字句。

这种一字领四字的句子，句式是上一下四，属常见的句式。凡属这种句式，节拍在第三字和第五字，只在这两字上注意安排平仄交错。

一字领五字的。例如柳永的《黄莺儿》词中上下片的各二句：

> 观露湿缕金衣，叶映如簧语。
> 当上苑柳秾时，别馆花深处。

其中上片的"观"字、下片的"当"字，各领以下两个五字句。句中的平仄安排各在第三、五两字。

一字领六字的。如以下两例：

念柳外青骢别后，水边红袂分时。

秦观《八六子》

托微风采箫流怨，断肠马上曾闻。

贺铸《绿头鸭》

其中前例的"念"字、后例的"托"字，各领以下两个六字句。

一字领七字的。如下例：

但屈指西风几时来

苏轼《洞仙歌》

妒千门珠翠倚新妆

贺铸《铜人捧露盘引》

奈花自无言莺自语

周密《大圣乐》

记玉关踏雪事清游

张炎《甘州》

以上四例，都是以第一字领后面的七个字。其中第一、二、四例是平脚句，第三例是仄脚句。

凡属一字领七字的句子，安排平仄时，把第一字除开，其余七字按七言律句处理。上面第一例第七字"时"，依律须用仄声，这里是用的平声，成了拗句。

一字豆有领四句的。如北宋张耒的《风流子》词上下片中的这么几句：

> 奈愁入庾肠，老侵潘鬓，谩簪黄菊，花也应羞。
>
> 向风前懊恼，芳心一点，寸眉两叶，禁甚闲愁。

其中上片的"奈"字和下片的"向"字都是一字豆，各领以下的四个四字句。

　　领句字（一字豆）在词句中是常见的。从以上例子可以知道，一字豆可以领三个字、四个字到七个字，甚至还可以领九个字。如蒋捷在《女冠子》词中，就用过"问繁华谁解再向天公借"这种以一字豆领九个字的句子。再以一字豆所领的句数来看，除领本句而外，还可以领两句、三句到四句。只有懂得词中有一字豆的规矩，在碰到有一字豆的句子时，才能理解句中的平仄安排，不致误认为拗句。

　　这种一字豆，多数都用上去声字。但是也有用平声字的。例如前面所举的一字豆领五字的例子，柳永的《黄莺儿》词中的"观露湿缕金衣""当上苑柳秾时"，"观"和"当"都是平声字。

　　词句中另有以两个字作领句字的。例如：

> 章台路，还见褪粉梅梢，试花桃树。
>
> 周邦彦《水龙吟》

那堪片片飞花弄晚，蒙蒙残月笼晴。

秦观《八六子》

前一例的"还见"是领句字，后一例的"那堪"是领句字，各领以下两个四字句。这种两个字的领句字，都不作为一个节拍，所以前一例"还见褪粉梅梢"，虽然从全句来看没有做到平仄交错，但也不算拗句。

词中还有以三个字作领句字的。例如：

怎奈向、欢娱渐随流水……

秦观《八六子》

最好是一川夜月光流渚。

晁补之《摸鱼儿》

不如向、帘儿底下，听人笑语。

李清照《永遇乐》

终不似、一朵钗头颤袅，向人敧侧。

周邦彦《六丑》

词中以三字领句的，多出现在上三下四的七字句、上三下五的八字句和上三下六的九字句。这种领句的三个字，在安排全句的平仄时，都要除开不计较平仄，也不作为节拍对待。

以上这种两字和三字的领句字，也属于"半句为读

（豆）"性质，所以也是"豆"。

凡有领句字的句子，不论是一字领、二字领或三字领，在朗读时都要稍作停顿。

领句字在一些词调中已成定式。如小令中的《好事近》《忆少年》《醉太平》等调中上下片的结句，都是一字豆句式；长调中的《沁园春》《风流子》，调中的上下片都有一字豆领四个四字句的。这类词调，过去的词人都是这样安排的。

但是有一些词调中的本非用领句字的一般律句，词人出于实际需要，把它改为一字豆句式的，也并不少见。下面举几个例子。

> 薄雾浓云愁永昼，瑞脑销金兽。佳节又重阳，玉枕纱厨，半夜凉初透。　　东篱把酒黄昏后，有暗香盈袖。莫道不销魂，帘卷西风，人比黄花瘦。
>
> 李清照《醉花阴》

这首词是上下片句式相同的双调。上片第二句"瑞脑销金兽"是一般律句，但下片第二句"有暗香盈袖"，就是一字领以下四字。

又如《念奴娇》这个词牌，下片换头几句，苏轼的《赤壁怀古》是：

> 遥想公瑾当年，小乔初嫁了，雄姿英发。

再看宋人赵彦端的《念奴娇·中秋》词的换头几句：

此夕纵饮清波，吸寒辉万丈，快如飞瀑。

可以看出，苏词的第二句用的是一般律句，而赵词第二句用的是一字领四字的上一下四句式。

再看《水调歌头》这个词牌，下片结尾两句前的一个五字平韵句，苏轼中秋词用的是一般律句"此事古难全"，辛弃疾《盟鸥》词也是用的一般律句"人世几欢哀"；多数词人在这一句也是用的一般律句。而清人张惠言的《水调歌头·春日赋示杨生子掞》五首，其中第一首的这一句"便了却韶华"、第五首的这一句"又断送流年"，都用的一字豆句式。

从以上数例可以知道，词中习惯用的一般律句，在实际需要时，可以改为一字豆句式。

五　其他规则

(一)避免孤平

词句既然是律句，也要与格律诗一样，句中要避免出现孤平，以增加音乐美感。由于词句有长有短，因此在词句中注意避免孤平，只是一般的说法，至于具体做法，却要根据词句字数的多少而定。两字句到四字句不存在避免孤平问题，因为诗的格律只限于五七言，最短的律句是五言，少于五言的不能作律句要求。

　　四字句的情况比较特殊。从过去的词中的四字句来看，一般是仄脚句不避用一个平声字，而平脚句的平声就往往多于一个。四字句节拍在二四两个双数字上。如是仄脚句，第二字必须用平声，要不就成了拗句。这种仄脚句，只在第二字用平声，成为"仄平仄仄"句式，从音律要求是没有问题的。因为四字句只有两个节拍，第一个节拍是平声字，即便第一字是仄声，已有第二字平声把三、四两个仄声字隔开，起到平仄交错的作用，所以读起来还是中听。在前人的四字仄脚句子中，这种用法是常见的，如：

　　　　暮云过了（仄平仄仄）

　　　　　　　　　　　　柳永《诉衷情近》

　　　　定巢燕子（仄平仄仄）

　　　　　　　　　　　　周邦彦《瑞龙吟》

　　　　咏郎秀句（仄平仄仄）

　　　　　　　　　　　　史达祖《解佩令》

　　　　月明起看（仄平仄仄）

　　　　　　　　　　吴文英《木兰花慢·游虎丘》

至于平脚的四字句，就要注意多用一个平声字，因为句末一字已是平声字，如果句中只有这一个平声字，前面三个都是仄声字，成了"仄仄仄平"句子，读起来就不和谐，所以就得在句中适当地方多用一个平声字，成"仄仄平平"或"平仄仄平"句式。这两种句式在前人的作品中都是常见的，前一种

句式,如以下两句:

立尽斜阳(仄仄平平)

柳永《玉蝴蝶》

见有人来(仄仄平平)

李清照《点绛唇》

后一种句式,如秦观的《望海潮》中的两句:

金谷俊游(平仄仄平)
兰苑未空(平仄仄平)

在四字句的仄脚句中,还有一种比较常见的"仄平平仄"句式。例如以下的句子:

倚阑干处(仄平平仄)

柳永《八声甘州》

漫嗟荣辱(仄平平仄)

王安石《桂枝香》

又成春瘦(仄平平仄)

晏几道《点绛唇》

黛痕低压(仄平平仄)

姜夔《庆宫春》

这种句式的第三字是平声。如从音乐效果来看,因多了一个平声字,较上述的"仄平仄仄"句式更见和谐。

四字平脚句,只有句末一字是平声的,在前人的作品中也是常见的。例如:

　　尚有练(shù)囊(仄仄仄平)

　　　　　　　　　　　　　周邦彦《齐天乐》

　　暖絮乱红(仄仄仄平)

　　　　　　　　　　　　　李甲《帝台春》

四句字也不排除用三个平声字。属于平脚句的,如:

　　空翠烟霏(平仄平平)

　　　　　　　　　　　　　苏轼《八声甘州》

　　湘簟方屏(平仄平平)

　　　　　　　　　　　　　黄庭坚《满庭芳》

属于仄脚句的,如:

　　黄云凝暮(平平平仄)

　　　　　　　　　　　　　秦观《满庭芳》

　　芳醪经口(平平平仄)

　　　　　　　　　　　　　晁补之《水龙吟》

　　词中的五字句和七字句,相当于五七言格律诗句,要避免孤平是必然的。而六字句也须得避免孤平,不论是仄脚句还是平脚句,句中的平声字不能少于两个。至于八字以上的长句,由于字数增多,句中的平声字也应相应地增加,不能仅做到不犯孤平便算完事。过去的作品,凡是八字以上的句子,句中的平声字一般都不少于四个。

　　(二)避免三字句和三字尾三平三仄

　　这里所指的三字句,是指独立的由三个字组成的句子,一般不包括上三下四的七字句、上三下五的八字句和上三下六的九字句。因为这种句式的前三字,一般是领句字,有的词中就有用三个仄声字领句的。前面介绍的由三个字领句的例子,其中一、二两例就是这种情况。至于独立成句的三字句,一般就不能全部使用三个平声字或三个仄声字,以免造成声律的单调而缺乏和谐感。而句末的三字尾,也须避免三个平声字或三个仄声字,这和格律诗的三字尾须要避免三平三仄是同一道理。

　　在词句的三字尾安排平仄,避免三平三仄是必要的。在避免三平三仄的前提下,三字尾的平仄安排比较灵活。

　　先看平脚的三字尾。常用的是“仄平平”“仄仄平”。但“平仄平”这种句法,在词中也是常见的,不能认为是拗句。试举几个例子:

苹满汀洲人未归
－｜－－｜－

寇准《江南春》

雨打梨花深闭门

　　　　　　　李重元《忆王孙·春词》

不若孤山先访梅

　　　　　　　刘过《沁园春·寄辛承旨》

千里关山劳梦魂

　　　　　　　　秦观《鹧鸪天》

笑从双脸生

　　　　　　　　晏殊《破阵子》

夕阳江上楼

　　　　　　　周邦彦《菩萨蛮·梅雪》

　　再看仄脚的三字尾。常用的是“平仄仄”“平平仄”。可是词中也常用“仄平仄”这种句法。也举几个例子：

思量只有梦来去

　　　　　　　　　黄庭坚《望江东》

夜凉独自甚情绪

　　　　　　　姜夔《齐天乐·蟋蟀》

绿阴摇曳荡春色

　　　　　聂冠卿《多丽·李良定公席上赋》

咸阳送客屡回顾

　　　　　刘辰翁《兰陵王·丙子送春》

归计恐迟暮
－　｜　－　｜

晁补之《摸鱼儿·东皋寓居》

休共软红说
－　｜　－　｜

范成大《醉落魄》

第八章　词在声律上
的特殊要求

　　词韵比诗韵宽,这是按一般情况来说的,因为诗韵照佩文韵的划分,分一百零六个韵目,而词韵只有十九个韵部,即便把平声与上、去两声分开,加上五个入声韵部,也只有三十三个韵部(平声十四个;上、去声虽然各为十四个,因能够通押,实际上只有十四个;入声五个),在用韵上就比诗韵有较多的选择余地。

　　在宋人的词句中,有时在节拍处须用平声字,却没有适当的平声字可用,常常用入声字或上声字代替平声字使用;其中用入声字代替平声字用的,较上声字代替平声字用的更多。南宋的张炎,在他的词论著作《词源》中,对宋人词中以入声字和上声字代替平声字用,加以肯定。同时人沈义父在他的词论《乐府指迷》中,也同意词中以入声字代替平声字的做法。所以,词句中平仄安排在用字选择方面,也宽于诗韵。这是一个方面。

　　另一方面,由于词在最初是用来配合音乐演唱的,所以在韵律的要求上，有些地方比格律诗还要严格。

先从用韵来看。某些词调限用平声韵，某些词调又限用仄声韵。这且不说，就是限用仄声韵的，也并不是只用仄声字做韵脚就算数，对某些词牌，如《忆秦娥》《满江红》《念奴娇》《好事近》等，一般都用入声韵。这些词调虽然也有用其他声调的字押韵的，但也是少数情况。

再从声律来看。在唐五代的词中，用字只分平仄，句中该用平声字的用平声，该用仄声字的用仄声就行了。到北宋柳永作词，就把仄声的上、去、入三声字分别使用，认为某一句中的某一字，只能用某一声调的字，须用上声的不能用去、入声字，须用去声的不能用上、入声字，对入声字的使用尤其严格。周邦彦对四声使用的变化最多，逐渐形成一套规矩。到南宋末年，张枢、杨缵等人提倡在词中用字要区别五音和分辨阴阳，给词作者带来了许多束缚。

字的五音，就是唇音、齿音、喉音、舌音和鼻音。而字的四声还要分阴阳，也就是除平声要分阴阳而外，去、入两声也要分阴阳，只有上声无阴阳之分。所谓阴阳，就是指字音的清浊：清音为阴，浊音为阳。其中平声的阴阳是容易分辨的，去声和入声字就比较难于分出阴阳来。当年的作者在写词时，在某些句子中用哪一个字，除斟酌平仄和声调而外，还要考虑阴阳之别，有的还要考虑字的"四呼"①，用唇

---

① 四呼：开口洪音为开口呼，开口细音为齐齿呼，合口洪音为合口呼，合口细音为撮口呼，简称开、齐、合、撮。

音或用齿音都不能含胡。过去有的人在词句用韵或安排字的平仄时,也往往纠缠在这一些烦琐的清规戒律里面,大大限制了用字的选择。

北宋末、南宋初年的女词人李清照,是精通音律的。她也是主张词句中用字要分五音和清浊。在她的《词论》中,批评北宋以来的许多词人的作品都不合音律。为什么会这样呢?照她的看法是:"盖诗文分平侧(仄),而歌词分五音,又分五声,又分六律,又分清浊轻重。"她又列举一些例子说:"且如近世所谓《声声慢》《雨中花》《喜迁莺》,既押平声韵,又押入声韵。《玉楼春》本押平声韵,又押上、去声,又押入声。本押仄声韵,如押上声则协,如押入声则不可歌矣。"

从李清照这一段话,可以知道词在没有和音乐分离以前,对声律的要求是很严的。不但五音、五声要分别清楚,而六律和音的清浊轻重,也不能混淆。至于同时押仄声韵的,押上声才能协韵,押入声就不能演唱。规则是多么严格!

在词中使用去声字,也非常重要。南宋沈义父在他所著的词论《乐府指迷》中,对去声字的使用着重指出:"腔律岂必人人皆能按箫填谱?但看句中用去声字最为紧要。然后更将古知音人曲,一腔三两只参订,如都用去声,亦必用去声。……古曲亦有拗者,盖被句法中字面所拘牵,今歌者亦以为碍,如《尾犯》之用'金玉珠珍博'[①],'金'字当用去声

---

① 此句为柳永的《尾犯》词后片结句。

字。如《绛园春》之用'游人月下归来'，①，'游'字合用去声字之类是也。"沈义父举的这两个例句，认为前一例的"金"字和后一例的"游"字，由于都是平声字，便使"今歌者亦以为碍"，以致歌唱时不那么顺畅，沈义父认为这两个字都应改为去声。当时的歌者唱这两句出现什么不便，我们也无从知道；而为什么要把"金""游"二字改为去声而不能改为上声或者入声，沈义父并未说明。但我们从沈义父的这段话中可以知道，词在未和音乐分离以前，对字的声调安排是非常讲究的。

南宋词人在词句声律上的过分讲究，有时成了卖弄技巧的文字游戏，并不是为了提高艺术水准。比如吴文英，在他写的词中的一些四言句子，把平、上、去、入四声字全都用上。又如方千里，为了卖弄自己的才学渊博，不仅用原韵和了北宋词人周邦彦全部词作，并且连每首词每一字的四声安排都全部照着办。像这种做法，完全没有必要。

张炎在他的《词源》论著中，谈到他的父亲张枢作词讲究音律的情况。张枢写词注重音律，每写成一首词，总要请歌者通过演唱来检验音律是否协调，如歌者认为"稍有不协"，张枢便"随即改正"。有一次张枢作《惜花春起早》词，中有"琐窗深"这个句子，歌者指出句末的"深"字不协，张枢改为"幽"字，还是不协，最后改为"明"字，才算协调了。根据这个歌者在这一句词末一字提出的协与不协的标准来

①　此句为吴文英的《绛都春》词句。《绛园春》可能即《绛都春》。

看,"深""幽"二字是属于清音的阴平声,而"明"字是属于浊音的阳平声。由于"琐窗深"句第二字"窗"已是阴平声,为了句中字的声调不重复而出现起伏,所以第三字既不能用"深",也不能用"幽"这类阴平声字。因此,这里须用浊音的阳平声字才协。可是从词义来看,"深""幽"与"明"字的含义正好相反。而张枢为了词句协调音律,就干脆改变词的内容而迁就形式,以致不惜违反自己所要吟咏的事物的实际情况。这种做法是不足为训的。

《词律》的作者万树,也认为仄声字的三声应该有所区别。他说:"平仄固有定律矣。然平止一途,仄兼上、去、入三种,不可遇仄而以三声概填。盖一调之中,可概者十之六七,不可概者十之三四,须斟酌而后下字,方得无疵。……夫一调有一调之风度声响,若上去互易,则调不振起,便成落腔。"又说:"上声舒徐和软,其腔低;去声激厉劲远,其腔高;相配用之,方能抑扬有致。大抵两上两去,在所当避。"

万树认为对词的结句在声律上的要求更严。他说:"尾句尤为吃紧。如《永遇乐》之'尚能饭否',《瑞鹤仙》之'又成瘦损','尚''又'必仄,'能''成'必平,'饭''瘦'必去,'否''损'必上,如此然后发调。末二字若用平上或平去,或去去、上上、上去,皆为不合。"

由于过去配合词的乐曲已经失传,我们无从了解当时的演唱情况,如万树所说的四声在词句中必须如此安排,究竟有无必要,不便妄作结论。不过从现代的歌词配合乐曲的情况来看,歌词的用字,不论是哪个声调的字,在谱入乐曲演唱时，都是随着音阶的升降而起伏的，声调已失去区别字音高低的作用，曲谱是不受字的声调的影响的。如万树所举的例子，末二字都是"去上"，要是今天改为平上、平去、去去、上上或上去，也不会降低音乐效果。而这例子的前二字，除第二字是节拍所在，必须用平声而外，万树认为第一字必须用仄声，也未免武断。改用平声字，句中就多了一个平声字，如果用来朗诵，音律会更见和谐的。

　　万树举这两首词的结句为例，认为四声在这一句的安排是不可改变的定例。事实并非如此，就以辛弃疾一生所写的五首《永遇乐》的结句来看，句中的平仄就有三首不是如万树所说的那样安排。试看这五首《永遇乐》的结句：

　　　　这回稳步（末二字是上去）

　　　　更邀素月（末二字是去入）

　　　　记余戏语（末二字是去上）

　　　　片云斗暗（末二字是上去）

　　　　尚能饭否（末二字是去上）

这五首《永遇乐》的结句，只有三、五两首的结句末二字的声调安排是去上。

　　再看《瑞鹤仙》这首词的结句。以南宋周密编的词集《绝妙好词》中所选的全部七首《瑞鹤仙》词的结句为例。

　　　　怎生意稳（陆淞词。末二字是去上）

　　数声画角（辛弃疾咏梅词。末二字是去入）

　　看谁瘦损（陆叡词。末二字是去上）

　　灞陵古道①（楼采词。末二字是上上）

　　向人睍睆（xiǎn huǎn）（陈允平词。末二字是上上）

　　寸心万里（张枢词。末二字是去上）

　　绛纱万烛（刘澜咏海棠词。末二字是去入）

根据这七首《瑞鹤仙》词结句的声调安排来看，只有一、三、六等三首结句的末二字是去上，符合万树规定的标准；而占半数以上的四首，照万树的说法，就"皆为不合"。

　　从以上两首词结句声律安排的实际例子中，证明万树的说法不但缺乏事实根据，而且类似这种近乎钻牛角尖的做法，只能束缚词人的手脚，不能达到总结前人创作经验的目的。

　　自词与音乐分离后，以上这些在音律上的烦琐的规章，也就失去了存在的条件，因而词也从这些无谓的束缚中解放出来。

---

　　① "道"字属佩文韵上声"十九皓"韵目。

第九章 句 式

　　词既是长短句组成,所以它每句的字数,不像格律诗那样只有五字句和七字句两种。词句有一字到十字以上的多种形式,其中四字以上的句子各有不同结构的句式,有些句子由于句式结构不同,句中的平仄安排也有不同。除一般句式而外,还有一些比较特殊的句式。

壹　一般句式

　　(一)一字句　一字句只有《十六字令》(又名《苍梧谣》)的起首句用一个字。如宋人蔡伸的《苍梧谣》:

　　　　天! 休使圆蟾照客眠。人何在,桂影自婵娟。

起首的"天"字单独成一句。

　　另有少数词中也有一字句出现。但这个一字句不是独立的句子,本属于下一句,只是由于词意需要分开或便于口读,才分出这一字单独成句。如苏轼概括晋人陶渊明作的《归去来辞》文意而作的《哨遍》词,词的换头句按格律本是五字句,被苏轼分出一个字单独成句:

　　噫！归去来兮！我今忘我兼忘世。

又如《沁园春》的起句,按格律是四字句,辛弃疾在为告酒杯而写的此调,把这一句分为上一下三的两句:

　　杯,汝前来！

以上两例,都不能认为是词牌规定的一字句。

　　(二)二字句　　二字句在词中并不多见。其中平平、平仄和仄仄句式比较常用。如苏轼的《南乡子·重九涵辉楼呈徐君猷》中的"飕飕,破帽多情却恋头"句,前二字就是平平句式;柳永的《二郎神》中的"闲雅,须知此景,古今无价"句,前二字就是平仄句式;辛弃疾的《兰陵王》中的"遇合,事难托"句,前二字就是仄仄句式。

　　二字句还有用作叠韵的。如韦应物的《调笑令》中的"胡马,胡马,远放燕支山下……迷路,迷路,边草无穷日暮";李清照的《如梦令》中的"争渡,争渡,惊起一滩鸥鹭",句中都用二字叠韵。

　　(三)三字句　　三字句在词牌中是常用的句式,起句、结

句或前后句之间,都常常使用三字句。除作为领句的三字
句可以用三个仄声字而外,在一般情况下,不论在词的任何
位置用三字句,这三个字中都须有平有仄,不能全用平声字
或全用仄声字。至于平仄的具体安排,就得根据这一词牌
的格律规定。

下面举一些三字句例子。

如张孝祥的《六州歌头》中的"征尘暗,霜风劲,悄边声,
暗销凝"四句中,前两句是平平仄,后两句是仄平平。又如
陆游的《夜游宫》中的"青海际"是平仄仄,"漏声断"是仄平
仄。周邦彦的《瑞鹤仙》中的"过短亭"是仄仄平。贺铸的
《小梅花》中的"美人归,天一涯",前一句是仄平平,后一句
是平仄平。

不过,三字句不能全用平声字或全用仄声字,是就一般
情况从格律要求来说的,其中也有例外。如辛弃疾的《一落
索·闺思》词上下片结句:

> 甚夜夜、东风恶。
> ｜｜｜　－　－△
> 怕酒似、郎情薄。
> ｜｜｜　－　－△

其中"甚夜夜"和"怕酒似"句,都是三个仄声字。

词中的三字句,在平仄的安排上更有一定的灵活性,在
许多词例中,三字句除第一字可以随意安排平仄外,就是第
二字和第三字,有时也可以灵活使用平声字或仄声字。

如苏轼为听琴写的《水调歌头》换头三句:

　　众禽里，真彩凤，独不鸣。
　　｜一｜　一｜｜　｜一⊙

再看辛弃疾写来和赵景明的《水调歌头》换头三句：

　　五车书，千石饮，百篇才。
　　｜一一　一｜｜　｜一⊙

苏词第一句是仄脚，辛词的第一句是平脚；苏词第三句第二字是仄声，辛词第三句第二字是平声。

　　再如岳飞的《满江红》词换头的几个三字句：

　　靖康耻，犹未雪；臣子恨，何时灭！
　　｜一｜　一｜△　一｜｜　一一△

又看辛弃疾写来送汤朝美归金坛的《满江红》换头的三字句：

　　活国手，封侯骨；腾汗漫，排阊阖。
　　｜｜｜　一一△　一｜｜　一一△

岳飞词前两句的平仄安排是"仄平仄，平仄仄"，而辛弃疾词前两句的平仄安排是"仄仄仄，平平仄"，其中第一句"活国手"还是三仄句。当然，如果按当时以入声字代替平声字用，"活""国"二字都是入声字，在句中是作为平声字使用的。但是第二句，岳飞用的"平仄仄"，辛弃疾用的"平平仄"，节拍所在的第二字，两人的平仄安排是不同的。

　　以上一字句到三字句，在词中称为短句。

（四）四字句　四字句一般的句式，是上二字下二字，节拍都在双数字上。如宋人廖世美的《烛影摇红》下阕末三句：

> 数峰江上，芳草天涯，参差烟树。

每句都在节拍上平仄交错，符合格律。但是另有特殊的句式，如宋人王观的《庆清朝（zhāo）慢》上阕的结句：

> 烟郊外，望中秀色，如有无间。

末句"如有无间"就是上一下三的一字豆句式，从平仄安排来看是合律的，但口读就得把"有无间"三字连起来读。另如刘克庄的《沁园春·梦孚若》中的"使李将军，遇高皇帝"句，也是这种句式。

四字句还有上一中二下一的句式。如辛弃疾的《水龙吟·过南剑双溪楼》下片末几句：

> 问何人、又卸片帆沙岸，系斜阳缆？

结句"系斜阳缆"，就是这种句式。

又如张炎的《水龙吟·白莲》词下片的两句：

> 绿云千里，卷西风去。

后面一句"卷西风去",也是上一中二下一的句式。

（五）五字句　五字句一般的句式是上二下三,或上二中二下一,也就是格律诗的五言律句。如宋人晁补之的《临江仙·信州作》的歇拍句"青山无限好,犹道不如归",就是上二下三句子。如宋人黄庭坚的《水调歌头》歇拍句"醉舞下山去,明月逐人归",就是上二中二下一句子。这两种句式都是常见的,并且都以双数字作节拍,两者的区别也不太明显。

五字句另有比较特殊的句式,前面谈到的上一下四的一字豆句式是特殊句式的一种,还有上三下二的句式也比较特殊。如清初满族词人纳兰性德作的《临江仙·寒柳》结句"吹不散眉弯",就是这种句式。这种句式的平仄安排,根据不同情况,可按律句处理,也可按一字豆句处理。此例是作律句处理的。

（六）六字句　六字句一般由三个两个字的词组构成,节拍在双数字上。如辛弃疾的《木兰花慢·席上送张仲固帅兴元》中的"落日胡尘未断,西风塞马空肥"二句;李清照的《如梦令》中的"常记溪亭日暮,沉醉不知归路"二句,都是这种句式。

六字句也有上三下三句式的。如欧阳修的《诉衷情》上片结句"都缘自有离恨,故画作远山长",后一句就是"故画作""远山长"两个三字组成的。又如张炎的《探春·雪霁》词下片的"犹听檐声,看灯人在深院",后一句也是上三下三句式。这种句式的平仄安排,在第三、第六字上。如句子是律句,可按律句处理。

六字句还有上四下二句式。如辛弃疾的《西江月·夜行黄沙道中》的"七八个星天外,两三点雨山前"二句,就属这一类型,节拍在双数字上。

在词的仄脚六字句中,有一种"仄仄仄平平仄"句式,过去研究词律的书,认为是特种律句,其中的第五字必须用平声。这种说法,与前面第七章介绍诗句孤平拗救的论点是一致的。因为句中的第五字如果改用仄声,句中就只有第四字是平声,便犯了孤平;而且这第四字平声字又被第三第五两个仄声字所夹,只要把第五字用平声,以上两个问题就不存在了。当然,这种仄脚六字句的标准句式是"仄仄平平仄仄"。上述这种经过拗救的"仄仄仄平平仄"句式,是在不能安排标准句式的情况下采取的补救办法。其实这种拗救句式,也不一定在第五字使用平声,只须把第一字仄声改为平声,成为"平仄仄平仄仄"句式,不致出现孤平,也是合于格律的。

(七)七字句 词的七字句,就是格律诗的七言律句,常见的是上二中二下三句式,或者是上四下三句式。这两种句式的区别不太明显。如苏轼的《浣溪沙·游蕲(qí)水清泉寺》上片的各句"山下兰芽短浸溪,松间沙路净无泥,萧萧暮雨子规啼",以及周邦彦的《玉楼春》歇拍二句"人如风后入江云,情似雨余粘地絮",就都是上二中二下三句式。而朱敦儒的《鹧鸪天》上片三、四句"拖条竹杖家家酒,上个篮舆处处山",北宋苏庠的《菩萨蛮》起首二句"北风振野云平屋,

寒溪淅淅流冰谷",就是上四下三句式,平仄安排都按律句
处理。

七字句另有比较特殊的上三下四句式。凡属这种句
式,前三字作领句字处理,后四字作律句安排平仄。例如:

约他年、东还海道

　　　　　　　苏轼《八声甘州·寄参寥子》

记画堂、斜月朦胧

　　　　　　　　　贺铸《薄幸》

(八)八字句　八字句有以下几种形式:

1.上三下五句式　如贺铸词《铜人捧露盘引》中的"赖
使君相对两胡床"句,岳飞《满江红》词的"待从头收拾旧山
河"句,就属这一类型。这种句式的平仄安排,把前三字作
领句字处理,后五字作律句处理。

2.上五下三句式　这种句式,多与八字句中的上一下
七的一字豆句式相近。如晁补之的《洞仙歌》中的"更携取
胡床上南楼"句,周邦彦的《浪淘沙慢》中的"念汉浦离鸿去
何许"句。对这种句式的平仄安排,可将第一字作一字豆,
以下七字作律句安排平仄。也有不用一字豆领七个字的。
如曾觌的《踏莎行》下片结句"来岁断不负莺花约",就是上
五下三句式。这种句式的平仄安排,可将上五字和下三字
分别处理。曾觌这个词句上五字都是仄声,如果按当时习
惯以入声字代替平声,那么第四字"不"是作平声使用的。

3.一字领七字句式 这种句式在八字句中比较常见，既有平脚句，也有仄脚句。前面介绍领句字时，已对一字领七字的句子作过介绍，这里不再举例。

4.由四个两个字的词组构成的句式 例如周邦彦的《拜星月慢》词中的"似觉琼枝玉树相倚"句、《解连环》词中的"尽是旧时手种红药"句等，就是这种类型。这种句式的节拍在双数字上。

（九）九字句 九字句常见的有以下一些句式：

1.上二下七句式 这种句式，相当于二字领七字句。例如李煜的《虞美人》词下片结句"恰似一江春水向东流"，黄庭坚的《虞美人》词上片结句"不道晓来开遍向南枝"，就是这种句式，平仄安排按律句处理。

2.上三下六句式 如姜夔的《法曲献仙音》词下片的"谁念我重见冷枫红舞"句，周邦彦的《瑞鹤仙》下片的"叹西园已是花深无地"句，就属这种句式。平仄安排把前三字除开作领句字，后六字的节拍在双数字上。

3.上四下五句式 例如辛弃疾的《青玉案·元夕》词下片结句"那人却在灯火阑珊处"，范成大的《南柯子》词下片结句"江已东流那更西流"，就是这种句型。这种句式的节拍都在双数字上。

4.上五下四句式 如柳永的《望远行》词下片结句"放一轮明月交光清夜"，晁补之的《洞仙歌》词下片结句"看玉做人间素秋千顷"，都是这类句式。以上两例的上五字都是一字豆句型，在安排平仄时应将第一字除开，节拍在双数字上。

5. 上六下三句式 属于平脚句的。如李煜的《乌夜啼》词上下片结句"寂寞梧桐深院锁清秋""别是一般滋味在心头";属于仄脚句的。如周邦彦的《绕佛阁·旅况》词上片的"厌闻夜久签声动书幔"、下片的"望中迤逦城阴度河岸",就是这类句型。以上四例的平仄安排都作律句处理,其中周邦彦的两句,第七字须用平声,第八字须用仄声,而句中恰好相反,是采用拗救方式。

(十)十字句 词句十个字的不多见,只有《摸鱼儿》《粉蝶儿》等少数词牌有十字句。就是这为数不多的十字句,也有不同的句式。

1. 上三中四下三句式 如晁补之的《摸鱼儿·东皋寓居》词上片的"最好是一川夜月光流渚"句,下片的"满青镜星星鬓影今如许"句,就属这种句型。此种句式安排平仄,先把前三字除开作领句字,以下七字按律句处理。

2. 上三中三下四句式 如辛弃疾的《粉蝶儿·和晋臣赋落花》词上片的"甚无情便下得雨僝(chán)风僽(zhòu)"句,下片的"把春波都酿作一江春酎(zhòu)"句,就是这种句式。这种句式的平仄安排,先把前六字作两个三字句处理,末四字的节拍在双数字上。

3. 上三中五下二句式 如上述的辛弃疾的《粉蝶儿》词中起句"昨日春如十三女儿学绣",过片句"而今春似轻薄荡子难久",就是这类句型。这种句式的平仄安排,把前面三字作一短句除开,第四字是一字豆领以下六字。

词中还有十一字句。这种句子一般是由上四下七或上六下五两句组成,在词中比较普遍,平仄安排一般按律句处理,这里不另举例。

贰　特殊句式

一　拗句

词既然是格律诗的另一种形式,所以词句应该受格律的约束,也就是词句必须是合乎格律的律句。特别在词和音乐分离后,词句合律更有必要。

但是词句的形式,也如诗或其他文艺作品一样,形式应该服从内容。如果在写作过程中由于内容上的需要而不能避免出现拗字拗句,这是完全应该的,唐人写的许多变体诗,就是重内容而轻形式的产物。可是如果不是从内容的实际需要出发,只是盲目地仿照前人的格式,前人用拗字拗句也生搬硬套,这就没有必要了。

在宋人的词中,拗句是常见的。词中出现拗句,除了由于作者不因律害意而有意安排,还有另一个原因,就是出于配合乐曲演唱的需要。如柳永、周邦彦、李清照、姜夔、吴文英这几个词人,都是精通音律的,可是他们的词中就时有拗句。据前人研究所知,词中的拗句大都与乐曲有关系。虽然我们今天无从知道当年词曲的演奏情况,也可以推论这些懂得音律的词人在词中使用拗句,绝不是偶然的。

前面讨论词的声律时谈到,在宋人的词中,平声字可以用入声字或上声字代替。因此,拗句中如果由于应该用平声的字而改用入声或上声,这是作者在没有适当的平声字可用时,有意用来替代平声字的。凡属这种情况,就不能认为是拗句。

宋词中不论是三字句或多字句,都有拗句存在。有的词牌中的某一句,由于最初有人用拗句,以后用这个词牌的也跟着在这一句用拗句;有的拗句由于习用久了,甚至取代了律句而固定下来。如《念奴娇》这个词牌上下阕的结句就是这样。

《念奴娇》这个词牌又名《酹江月》,最早出现的是唐武宗时人吕岩写的《酹江月》。可是"酹江月"作为《念奴娇》词调的别称,是由于苏轼的《念奴娇·赤壁怀古》词中的结句是"一樽还酹江月",后人便取"酹江月"作为《念奴娇》的另一名称。吕岩是九世纪中期写这首词的,早于苏轼二百多年,显然吕岩这首词的词牌是后人代改的。吕岩的这首词,也可能是后人伪托。这首词的上阕结句是"圣男灵女扳折"(仄平平仄平仄),下阕的结句是"洞中无限风月"(仄平平仄平仄),按照格律,六字句的韵脚字已是仄声,那么第四字就该用平,而第二字就应用仄声,成为"⊙仄平平⊙仄"句式,才符合节拍所在字平仄交错的规则。但是吕岩词中的这两句,都是第二字应仄而平,第四字应平而仄,成了拗句。

自吕岩这首词的上下阕结句开始用拗句,以后的词人在用《念奴娇》这个词牌时,上下阕的结句都作拗句。如苏轼的《念奴娇·赤壁怀古》上阕结句是"一时多少豪杰",下阕的结句是"一樽还酹江月",从平仄来看都是"仄平平仄平仄",与吕岩词的句式相同。

这两句拗句,本来按律应该第二字改为仄声,第四字改为平声。即便按以入声或上声字代替平声字的办法,也只能使两句的第四字合律,而第二字仍然是拗字。所以这两句是拗句是没有问题的。

苏轼这首《念奴娇》词用了拗句,影响其他的人在这首词的上下阕结句也用拗句。下面试举几个例子。

与苏轼同时并且是苏轼的朋友的黄庭坚,在"同诸甥待月"这首《念奴娇》中,上阕的结句是"为谁偏照醽(líng)渌",下阕的结句是"坐来声喷霜竹",都是"仄平平仄平仄",与苏轼在这首词中所用的句式完全一样。

另从南宋词人写的《念奴娇》上下阕结句来看,也都受了苏轼的影响。如张孝祥的《念奴娇·过洞庭》,上阕的结句是"满怀俱是离索",下阕的结句是"为君双泪倾落",都是"仄平平仄平仄"。再如王奕的《念奴娇·登金陵赏心亭》,上阕的结句是"南山应恨无竹",下阕的结句是"浩歌归卧梅屋",也是"仄平平仄平仄"。而辛弃疾的词集中全部十九首《念奴娇》词,每一首上下阕的结句也都是拗句。

当时在北方的金王朝的词人如高永、段成己等,也受了苏轼的影响,所以他们写的《念奴娇》词,上下阕的结句也都是拗句。元朝的词人也是一样,如鲜于枢、张埜等人写的《念奴娇》词[①],都在上下阕的结句用拗句。

再以《水调歌头》这个词牌上阕中的一句拗句为例。《水调歌头》这个词牌上阕的第三句,是六个字的仄脚句,按格律规定,句末的第六字已是仄声,第四字就该用平声,而第二字须要用仄声,成"㊣仄平平仄仄"句式。可是也是由于最初用这个词牌咏中秋节的苏轼,把这一句写做"不知天上宫阙"(仄平平仄平仄),于是后来的人用《水调歌头》词牌时,也多把这一句写成如苏轼写的这种句式。如南宋的韩元吉在他所作的《水调歌头·九日》中,把这一句写做"试寻高处携手",也用"仄平平仄平仄"句式。与韩元吉同时的张孝祥,在他写的《水调歌头·闻采石战胜》中,把这一句写成"何人为写悲壮",平仄安排是"㊣平㊣仄平仄",句式也和前二人写的相同。辛弃疾写了三十五首《水调歌头》,每首的这一句都是拗句。再如金人元好问赋玉溪的《水调歌头》、元人唐桂芳游武夷的《水调歌头》等,在上阕的第三句也都依照苏轼所用的平仄句式。

苏轼在《水调歌头》所用的这个拗句,在旁人的同一词牌的作品中,也有不跟着用拗句而改为律句的。如黄庭坚的《水调歌头》中的这一句,就用的律句"溪上桃花无数"(平仄平平平仄)。但过去词人流传下来的《水调歌头》中,上阕第三句是律句的只是少数,而大多数是按苏轼的拗句安排

① 埜:同"野"。

平仄。

根据《念奴娇》这个词牌上下阕的结句和《水调歌头》上阕的第三句，过去的词人都用拗句的情况，可以看出词人严格遵守前人的规矩，不肯轻易改变以往的章法，所持的态度是严肃的。不过，《念奴娇》这个词牌上下阕的结句，和《水调歌头》上阕的第三句，如果改用律句，是完全可以的，一味这样把拗句作为正当的句式，甚至有意写成拗句，是不必要的。

词中的拗句是常见的，许多著名的词人的作品中也时有拗句出现。他们为了内容的需要，不愿让词意受音律的制约，有时就不避用拗句。这种写作态度是正确的。当然，如果词中的拗句是演唱上的需要，又是另一回事。苏轼就是常用拗句的人，李清照在她的《词论》中曾给予批评。李清照只从形式上着眼，对苏轼的作品不作全面的评价，说他的词"往往不协音律"。虽是事实，可是李清照没有看到苏轼的不避拗句，并不是不懂音律，而是把作品内容放在首要地位的表现。何况苏轼的词中出现的拗句，也都是雄浑质朴或清新浅近的语言，不是那种有意制造的生硬语句，以拗句"不知天上宫阙""一时多少豪杰"这种句子来看，完全是不加雕琢的极其自然的口语，能够因这种语句不是律句而横加指责吗！所以，李清照对苏轼的词所做的批评带有片面性。

辛弃疾的词中也常用拗句，并没有因此而减低他在词的创作上的成就。

但是我们也要知道,词和音乐分离以后,对词句中的平仄安排,当然要求作律句处理。凡是不合律的句子就是拗句。不能认为某个词牌的某一句,由于多数用拗句,就认为是固定的格式,《念奴娇》和《水调歌头》中的拗句也不例外。

二　参差句

我们知道,最初的词是根据乐曲填写的,所以词句的字数必须有限制,也就是某一个词牌规定用多少句、多少字,一般情况是不能多也不能少,要不就不能配合这首曲子演唱。

但是在句子与句子间,为了词意的完整,在保持字数不增加也不减少的前提下,允许把上句规定的字移几个到下一句,或是把下句规定的字移几个到上一句;有时把一句分为两句,或是把两句分为三句,三句合为两句。这种参差句式,由于字数没有改变,并不影响到乐曲,仍然与没有移动时一样演唱。至于词和乐曲分离以后,词就不是为演唱而写的,作为一种独立的文学体裁,这种词句间随文意灵活地处理断句,就更不成问题了。

词句间断句的灵活使用,在词和音乐分离以前的宋人作品中是比较常见的。以后在词与音乐分离后,词人写词都根据前人词调的模式,灵活断句的情况就不多见了。下面举几个例子。

如《水调歌头》这个词牌,它的正常的句式,按照万树的说法,应以苏轼的中秋词为正例。而苏轼用韩愈听琴诗意写的《水调歌头》，也是如中秋词一样的句式，下面以此词为例：

> 昵昵儿女语，灯火夜微明。恩怨尔汝来去，弹指泪
> 和声。忽变轩昂勇士，一鼓填然作气，千里不留行。回
> 首暮云远，飞絮搅青冥。　　众禽里，真彩凤，独不鸣。
> 跻攀寸步千险，一落百寻轻。烦子指间风雨，置我肠中
> 冰炭，起坐不能平。推手从归去，无泪与君倾。

再看辛弃疾写来和赵景明的《水调歌头》，词句字数的安排
就是经过调整的。

> 官事未易了，且向酒边来。君如无我，问君怀抱向
> 谁开。但放平生丘壑，莫管旁人嘲骂，深蛰要惊雷。白
> 发还自笑，何地置衰颓。　　五车书，千石饮，百篇才。
> 新词未到，琼瑰先梦满吾怀。已过西风重九，且要黄花
> 入手，诗兴未关梅。君要花满县，桃李趁时栽。

把两人的词一比较，就可看出，苏词上阕的三、四句"恩怨尔
汝来去，弹指泪和声"，这是正常的句式。而辛弃疾为了词
意的需要，把这两句的结构做了调整，成为"君如无我，问君
怀抱向谁开"，把上句的六字句减为四字句，而把下句的五
字句增为七字句。

再看下阕的四、五句：苏词是"跻攀寸步千险，一落百寻轻"，是正格；辛词是"新词未到，琼瑰先梦满吾怀"，把上句的六字句减为四字句，而把下句的五字句增为七字句。

另以两首不同句式的《水龙吟》为例：

　　似花还似非花，也无人惜从教坠。抛家傍路，思量却是、无情有思。萦损柔肠，困酣娇眼，欲开还闭。梦随风万里，寻郎去处，又还被惊呼起。　　不恨此花飞尽，恨西园、落红难缀。晓来雨过，遗踪何在，一池萍碎。春色三分，二分尘土，一分流水。细看来，不是杨花，点点是离人泪。

苏轼《水龙吟·次韵章质夫〈杨花词〉》

　　小楼连远横空，下窥绣毂雕鞍骤。朱帘半卷，单衣初试，清明时候。破暖轻风，弄晴微雨，欲无还有。卖花声过尽，斜阳院落，红成阵，飞鸳甃（zhòu）。　　玉佩丁东别后，怅佳期，参差难又。名缰利锁，天还知道，和天也瘦。花下重门，柳边深巷，不堪回首。念多情，但有当时皓月，向人依旧。

秦观《水龙吟》

把这两首《水龙吟》对照，苏轼词上阕歇拍句是"寻郎去处，

又还被惊呼起"，后面一句是六个字组成的。而秦观词在上
阕的歇拍句是"斜阳院落，红成阵，飞鸳鸯"，把六字句分做
两个三字的句子。

再看下阕。苏轼的结句是"不是杨花，点点是离人泪"，
是上四下六句式；秦观的结句是"但有当时皓月，向人依
旧"，改变为上六下四句式。

《水龙吟》这个词调的起首二句，一般都是上六下七，以
上两首例词都是这种句式。但是由于语意需要，也有把两
句的字互相移动，成为上七下六句式的。如陆游的《春日游
摩诃池》中句：

　　　　摩诃池上追游路，红绿参差春晚。

再如朱敦儒的《水龙吟》中句：

　　　　放船千里凌波去，略为吴山留顾。

朱敦儒在这首《水龙吟》的末几句，句式安排更与苏轼、秦观
两人写的不同。苏轼写的《水龙吟》末三句是："细看来，不
是杨花，点点是离人泪。"句式是三字四字六字；秦观写的
是："念多情，但有当时皓月，向人依旧。"句式是三字六字四
字。而朱敦儒写的是："但愁敲桂棹，悲吟《梁父》，泪流如
雨。"句式是五字四字四字。

须得注意的是，由于句子间断句的改动，句中的平仄安

排就得随句式的变化做相应的改动。现在就以《水龙吟》末
三句三种不同的句式,来看平仄安排的不同情况。

细看来,不是杨花,点点是离人泪。

苏轼

念多情,但有当时皓月,向人依旧。

秦观

但愁敲桂棹,悲吟《梁父》,泪流如雨。

朱敦儒

再看《八声甘州》这个词牌的起首十三字,就有三种不
同的句式:

对潇潇暮雨洒江天,一番洗清秋。

柳永

有情风、万里卷潮来,无情送潮归。

苏轼《寄参寥子》

渺空烟四远,是何年青天坠长星?

吴文英《灵岩陪庾幕诸公游》

可以看出,柳永词起句是一字豆领本句七字,下接五字句;
苏轼词起句是上三下五句式,下接五字句。但二人词的起
句都是八字句,下接五字句。可是吴文英词的起句却是独

立的五字句,下接上三下五的八字句。

从以上一些例句可以知道,某些词牌的句子,根据内容的需要,句式的安排有很大的灵活性。

三　增字句

词本来是配合曲子演唱的,一个词牌有一个曲调,所以要求词要定句定字,配上乐曲才能演唱。但是在不影响演唱的情况下,在定字之外增加一两个字,使词意更加完美,这是许可的。至于词和曲子分离以后,词句不存在能不能演唱的问题,那么在词句中增加字,只根据词意的需要适当安排就可以了。

增加的字称为"衬"字。在句中是不作为格律规定的字计算的。凡已增加字的句子,作律句来要求,要把所加的衬字除开计算字数安排平仄。

下面以宋人李之仪作的《卜算子》为例:

> 我住长江头,君住长江尾。日日思君不见君,共饮
> 长江水。　　此水几时休,此恨何时已。只愿君心似
> 我心,定不负相思意。

这首词是双调,上下阕的句数和字数都相同,但是下阕的歇

拍却比上阕歇拍多出一个"定"字。增加这个衬字,就加重了语气,表达了期望对方的迫切心情。

再以李清照作的《武陵春》为例:

> 风住尘香花已尽,日晚倦梳头。物是人非事事休,欲语泪先流。　　闻说双溪春尚好,也拟泛轻舟。只恐双溪舴艋舟,载不动许多愁。

这首词也是双调,上下阕的句数和字数完全一样。但是上片的歇拍是"欲语泪先流",只五字;而下片的结句"载不动许多愁"是六字,多出一个字来。当然,多出这一字是必不可少的,这六个字的任何一个字都少不得,少了一个字就不能成句。因此,作者在不影响演唱的情况下,把五字句增加一个衬字为六字句。

这首词的下阕用了两个"舟"字做韵脚,后一句的"舴艋舟"就是指的上一句拟泛的"轻舟",所以两用舟字韵不嫌重复。

再以张孝祥作的《水调歌头·闻采石战胜》为例:

> 雪洗虏尘静,风约楚云留。何人为写悲壮,吹角古城楼。湖海平生豪气,关塞如今风景,剪烛看吴钩。滕喜燃犀处,骇浪与天浮。　　忆当年,周与谢,富春秋。小乔初嫁,香囊未解,勋业故优游。赤壁矶头落照,肥

水桥边衰草,渺渺唤人愁。我欲乘风去,击楫誓中流。

这首词是作者听到抗金将领虞允文在采石击溃金主完颜亮的部队后,有感而作的。按照词牌规定,下片的三个三字句以后的两句,是前六字后五字,或是前四字后七字,共十一字。可是张孝祥却把这十一字的两句改为十三字的三句"小乔初嫁,香囊未解,勋业故优游",既增加了字数,也改变了句式。作者为什么要这么安排呢?是为了内容的需要。因为他把指挥这次战争的虞允文比做当年赤壁之战指挥吴军战胜曹操的周瑜,和淝水之战指挥晋军战胜苻(fú)坚的谢玄。这两次战争都是历史上著名的以少量兵力战胜强大敌人的战役,虞允文这次战胜完颜亮,也是以少胜多、转危为安的关键性战争。这首词换头第二句"周与谢",就指的这二人。这十三字组成的三个句子,第一句写周瑜的事[①],第二句写谢玄的事[②]。为了与"周与谢"这一句前后照应,因此在原来的定字句中增加两个字,并把原来的两句扩展为三句,既把两人的事迹"小乔初嫁""香囊未解"写进去,并以"勋业故优游"作概括性的赞扬。

从以上三个例子来看,词句在定字的句子中适当增加一两个必要的衬字,可以加强作品的艺术效果。

---

① 小乔是三国时东吴乔公的小女儿,嫁给周瑜。

② 东晋的谢玄少年时爱佩香囊,他的叔父谢安想阻止他这样做,不便明说,便借赌输赢把谢玄的香囊弄到手,立刻烧掉。

第十章　词与诗的区别

　　词与诗,用现在的观点来看,都属于诗的范围,只是形式上有一些区别罢了。因为凡是可以写入诗中的事物,也可以用词的形式来表现,所以诗和词在所反映的内容上是没有区别的。但照过去的说法,词与诗不但在形式上有区别,在所表达的内容和词汇的运用方面都有分别。

　　先从诗词写作的目的性来看。诗除个别情况而外,写作不是为了供演唱用的;而词在没有和音乐分离以前,一般是按曲谱填写以供演唱用的。

　　再从内容来看。照过去的说法是"诗言志,词抒情",限定诗是用来表达志趣或抒写怀抱,而词是用来抒写感情,也就是所写的题材只能局限在个人生活的小圈子里。

　　北宋时期的苏轼和秦观两人,都会写诗又会作词。但是两人的文风各有不同,苏轼不论是作诗或写词,意境都爽朗高旷,语言也明快奔放,内容更不拘一格,在需要"言志"的诗中也常常"抒情",而在需要"抒情"的词中却往往"言志",因此,过去一些守旧的文人讥笑他"以诗为词""小词似诗";秦观的情况恰好相反,他受了晚唐和五代词人的影响,文风偏重于文雅,所作的词内容上多是抒写个人的失意情绪,但艺术上被称为清丽婉约,有一定的艺术成就。他写的诗,仍然是用写词的一套手法,"抒情"而不"言志",所以词论家只推重他的词,而讥笑他"小诗似词"。

这些评论家机械地从诗词的形式来决定作品的内容,这种说法就是形式主义的表现,所以对苏轼和秦观的诗词的评价,必然不可能得出正确的结论。照今天的观点,诗既可以"抒情",词也可以"言志",在这一点上,苏轼和秦观的做法都是对的;至于他们二人的作品是好是坏,要对他们的作品内容和艺术效果做具体的分析,才能得出正确的结论。

再从用词遣字来看。过去的评论家,认为"诗人之言,终为近雅,与词人之冶荡有殊"。也就是说,诗的语言要典雅含蓄,不同于词的语言那样浮浅随便。如晏殊作的《浣溪沙》过片的两句"无可奈何花落去,似曾相识燕归来",就被清代的王士禛认为只能是词的语言而不是诗的语言。其实这两句词,作为诗句也是好句子,怎么能认为它不是诗句呢!如这样的评论家,只是形式主义对待作品,不可能对作品作出正确的评价。

因此,以上这种对诗与词在内容和表现方式上的区分,都是从形式主义看问题,我们不能同意。

当然,词中的一些句子,在某些作者写来比较接近口语,而这种口语化句子,在诗中比较少见,这也是事实。如果从这个方面认为词与诗在语言运用上有些区别,倒是说得过去的。

　　属于这种情况的,以下面四首词为例。

　　　　雪似梅花,梅花似雪,似和不似都奇绝。恼人风味
　　阿谁知,请君问取南楼月。　　　记得去年,探梅时节,
　　老来旧事无人说。为谁醉倒为谁醒,到今犹恨轻离别。
　　　　　　　　　　　　　　　　　吕本中《踏莎行》

这首词,通篇不用典故,语言比较浅显,而开头两句“雪似梅
花,梅花似雪”这种口语化词语,两句的字面相同,却因词语
位置变换而词意也随之变化的情况,以及第三句“似和不似
都奇绝”这种口语化句子,在诗中特别在近体诗中,的确是
少见的。

　　再看以下例子:

　　　　寻寻觅觅,冷冷清清,凄凄惨惨戚戚。乍暖还寒时
　　候,最难将息。三杯两盏淡酒,怎敌他、晚来风急。雁
　　过也,正伤心,却是旧时相识。　　　满地黄花堆积,憔悴
　　损,如今有谁堪摘! 守着窗儿,独自怎生得黑! 梧桐更
　　兼细雨,到黄昏、点点滴滴。这次第,怎一个愁字了得!
　　　　　　　　　　　　　　　　　李清照《声声慢》

这首词也是口语化的典型作品,全篇没有用一个典故,而且
语言浅显,一听就懂。开头连用十四个重叠字,可以说是别

开生面;而且用得那么自然,不论读还是听,都感到新鲜别致。再如末一句"这次第,怎一个愁字了得",这种口语化的句子和前面的叠字句,都是近体诗里少见的。

再如下面这首词:

> 醉里且贪欢笑,要愁那得工夫。近来始觉古人书,信著全无是处。　　昨夜松边醉倒,问松"我醉何如",只疑松动要来扶,以手推之曰"去"。
>
> 辛弃疾《西江月·遣兴》

这首词也完全是口语化的例子,全篇不惟没有典故,而且每一句话都不加雕琢,信笔写来,非常自然生动。

再看下面这首词:

> 长相思,长相思。若问相思甚了期,除非相见时。
> 长相思,长相思,欲把相思说似谁,浅情人不知。
>
> 晏几道《长相思》

这首词写得也非常明白晓畅,接近口语,在近体诗中是难于找到类似例子的。词的上下片各有叠句,更是近体诗所无。

如以上四个例子中的这一类口语化句子,在词中是比较常见的。虽然在诗中,有的作者的诗句也比较浅近,如白居易就是常用俚语入诗的,但这种情况毕竟是少数,没有词人笔下以口语入词普遍。

　　还有另一种情况。有的比较俚俗的句子,作为诗句来要求是不够格的,可是略加改造用于词中,便成了佳句。下面举一个例子。

　　《儒林外史》第二十九回有这么一段叙述:杜慎卿看了萧金铉春游乌龙潭写的一首诗,中有两句是:"桃花何苦红如此,杨柳忽然青可怜。"指出上一句只要添一个"问"字,成为"问桃花何苦红如此",便是《贺新凉》调中一句好词[①]。

　　事实正是这样。萧金铉的两句诗的确十分俚俗,不能算是诗句;但"桃花何苦红如此"句经杜慎卿在句前加一"问"字,就使全句皆活,成为口语化的好词句。

　　从这个例子可以知道,诗与词在语言上是存在区别的。

　　词与诗在字句和声韵方面,区别却很明显。由于词是另一种形式的格律诗,所以这里只能以近体诗作比较,不包括古体诗。

　　先从字句上看。

　　近体诗定句定字,句数限定四句或八句(排律除外),字数限定五言或七言;排律虽不定句,而句须定字。而词则根据不同的词牌而定句定字,句数有多有少,每句字数也有多有少,参差不齐。

　　近体诗不分段,四句或八句为一首。排律虽超过八句,也不分段。而词除单调不分段而外,另有分为两段的双调、

────────────

　　① 《贺新凉》即《贺新郎》,又称《金缕曲》。

分为三段的三叠和分为四段的四叠。

词的句子中有领句字(一字豆)形式。在近体诗中,用领句字的形式是少见的。

近体诗由于每句的字数固定,所以两句间的字不能互相移动;而词可以把上句的字移在下句,或把下句的字移往上句,甚至把两句分为三句,或把三句并为两句,断句比较灵活。

近体诗句的字数是固定的,而词句可根据实际情况临时增加一两个衬字。

再从声韵上看。

近体诗的正例限用平声韵;而词的用韵,除用平声韵外,也用仄声韵,仄声韵还可以上声、去声通押,少数词调还可以上、去、入声通押。

近体诗限定用一个韵,不能转韵;而词可以随意转韵:平韵可转仄韵,仄韵也可转平韵。有的词牌还可以平仄韵通押。

近体诗除第一句外,不能用邻韵;而词句不论是起句或别的句子,都可使用邻韵。

近体诗的韵位是固定的,也就是除了第一句既可用韵也可不用韵,不做硬性规定而外,其他用韵的位置,限定在隔句的偶数句上。而词的韵位就非常灵活:第一句用韵与否有灵活性不必说了,在其他的句子中,既可隔句在偶数句用韵,也可在一些奇数句用韵,并且韵位的疏密也各有不同:密的在每句用韵,疏的有隔五六句才用韵的。

近体诗用于韵的字不能重复,而词的用韵字有时可以重复。

近体诗句中不能以仄声字代替平声字用,而宋人词句中,可以用入声字和上声字代替平声字。

近体诗句间平仄的粘对是固定的,不能随意改变;而词句间的粘对根据不同的词牌而各有不同,没有固定的标准,就是同一个词牌,句间的平仄粘对有时也允许灵活使用。

近体诗句中,字音只分平仄两类,也就是依律应该用平声字的,只要是平声字,不另分阴平阳平;应该用仄声字的,上、去、入三声字都可用,对使用某一声字不另作要求。而词在未和音乐分离以前,为了配合乐曲演唱的需要,某些词牌对用韵及句中用哪一声的字,都另有规定。

此外,近体诗的律诗要用对仗句子,而词除少数词牌外,一般不规定用对仗。